Les Mondes de l'Arbre

Éditions Play Bac
14 bis, rue des Minimes, 75003 Paris
www.playbac.fr

Les Mondes de l'Arbre

Céleste et la Prophétie

Sophie Henrionnet

playBac

Pour Margaux et Titouan

Chapitre 1

Une maison

— Par quoi commencer…

Les cartons éparpillés dans toute la pièce semblaient narguer Céleste.

— Les livres et les jouets… Ensuite, je m'attaque aux affaires d'école.

— Tu parles toute seule ?

Les mains dans les poches, Anatole, le petit frère de Céleste, se tenait appuyé contre l'encadrement de la porte, avec sur le visage cet air frondeur qui le quittait rarement. Le petit brun faisait un peu plus que ses onze ans, et l'un de ses passe-temps favoris consistait à asticoter sa sœur.

La famille Renoir venait d'emménager, et tous s'affairaient aux différents niveaux de la nouvelle maison. Bruno, le père, assemblait un meuble dans son bureau en assurant qu'il manquait forcément des pièces. Anna, la mère, préparait le repas, tandis que Gaspard et Joséphine, les deux plus jeunes enfants, tournaient autour d'elle.

Céleste laissa de côté le déballage des cartons et s'assit en tailleur sur le tapis.

— Cette fois, nous avons déménagé pour de bon.

L'ancienne maison va tellement me manquer, et je ne te parle même pas des copains…

La voix de la jeune fille se brisa, et elle dut faire un effort immense pour ne pas se mettre à pleurer.

— Allez, tenta Anatole, je suis certain qu'on va se plaire, ici. La maison est vraiment sympa, et j'ai même repéré un parc immense à deux rues.

— Alors, vous deux : que pensez-vous de notre nouveau petit nid ? demanda leur mère en entrant dans la chambre.

— J'adore ma chambre ! s'exclama Anatole. De ma fenêtre, j'ai une vue imprenable sur le jardin : on dirait la forêt amazonienne !

Anna Renoir soupira :

— Ne m'en parle pas… Nous allons devoir nous donner beaucoup de mal pour qu'il ressemble un peu moins à une jungle. Et toi, Céleste, quelles sont tes impressions ?

La jeune fille cala son menton sur ses poings et fixa le sol.

— Je préférais notre appartement. Il était très bien, même si on n'avait pas de jardin.

Anna Renoir s'approcha lentement de sa fille.

— Je sais que tu as le cafard… Ça ne va pas te consoler, mais c'est tout à fait normal, tu sais.

— Normal ou pas, j'ai mal au ventre rien que de penser à tous ces changements.

— Je crois qu'il est temps pour toi de faire une pause. Sors profiter du soleil, je vais terminer de déballer tes affaires.

Une nouvelle ville, une nouvelle maison… Changer de vie à tout juste un mois de la rentrée de quatrième, tout cela paraissait insurmontable à Céleste.

Elle embrassa sa mère puis regarda son frère avec une

pointe d'envie. Comment pouvait-il se montrer aussi positif ? Elle avait pourtant deux ans de plus et redoublait d'efforts pour prendre sur elle, mais il n'y avait rien à faire, elle manquait cruellement d'assurance. S'inscrire dans un autre collège, devenir la nouvelle que tout le monde dévisage… Terrifiant.

Anatole et Céleste descendirent les escaliers pour se retrouver dans l'immense vestibule de la maison, encore encombré de cartons. Une opportunité professionnelle les avait conduits dans cette ville, dans laquelle leur père avait lui-même grandi. Il s'était vu proposer un poste d'architecte intéressant, et il avait fallu rapidement trouver un logement. Ils étaient venus plusieurs fois visiter différentes maisons, et avaient finalement arrêté leur choix sur cette jolie demeure, inhabitée depuis le départ en maison de retraite de sa propriétaire.

L'agent immobilier avait mis les Renoir en garde : il y avait d'énormes travaux de rénovation à prévoir. La maison était par endroits en triste état, mais Anna et Bruno s'étaient montrés fermement décidés dès la première visite : ils allaient se retrousser les manches et en faire leur nouveau cocon.

Céleste ne l'entendait pas du tout de cette oreille. Elle avait accueilli la nouvelle en haussant les épaules et en tournant les talons, bien trop triste de quitter son univers. Son ancienne chambre, ses copines de classe, son professeur de guitare, tout ça allait terriblement lui manquer…

Cet après-midi-là, en pénétrant dans le jardin où les mauvaises herbes régnaient en maîtresses, elle ressentit cependant la même impression que la toute première fois qu'elle avait foulé ce bout de terrain. Oui, cela ne faisait pas de doute : de bonnes ondes émanaient de la propriété, et avec elles un curieux sentiment de déjà-vu. La sensation apaisante de se trouver à la bonne place.

En descendant les quelques marches du perron aux côtés d'Anatole, elle s'arrêta net pour contempler l'endroit. Quelle végétation ! Anatole avait tout à fait raison, on aurait pu se croire en pleine forêt amazonienne ! Durant dix ans, personne n'était venu ici, pas le moindre entretien… Les haies touffues avaient envahi ce qui avait été un chemin dallé de pierres. Les herbes hautes lui chatouillaient les genoux. Céleste avança jusqu'à un vieux saule pleureur qui trônait au fond.

— Pas mal, hein ? lança Anatole, complètement hystérique, en courant jusqu'à sa sœur.

— Ça a un certain charme.

— Je viens de trouver un vieux vélo sous un amas de tôles ! Il y a aussi un jeu de pétanque, mais apparemment pas l'ombre d'un cochonnet.

Sans attendre de réponse, Anatole repartit en quête de nouveaux trésors. En le regardant s'éloigner, Céleste se surprit à sourire. Quel bonheur de sentir le vent glisser sur ses cheveux dans la moiteur de cette fin juillet… L'idée de vivre dans une maison plutôt que dans un appartement paraissait finalement plutôt agréable… Céleste serra les poings. Elle n'avait pas le choix, oui. Elle devait y mettre du sien. Elle pivota sur elle-même pour embrasser le panorama du regard et imprimer dans son cerveau ce moment qu'elle savait décisif. Elle en était presque sûre, désormais ils allaient passer de merveilleux moments dans ce jardin.

Un beau rosier grimpait le long d'un mur d'ardoise ; à

un autre endroit, des fraises des bois s'étalaient au milieu des mauvaises herbes. La nature avait définitivement repris ses droits. Elle planterait des choses à son tour ici, laisserait son empreinte. Tiens, pourquoi pas quelques pieds de tomates cerise ? Ou bien encore des framboisiers.

Elle se retourna pour observer la façade de la maison. Anatole avait rejoint leur petit frère, Gaspard, tout juste âgé de cinq ans. Celui-ci faisait découvrir la terrasse à son doudou, un vieil âne gris aussi élimé qu'odorant. Elle reprit son exploration et son regard fut cette fois attiré par un cabanon en ruine, situé dans le coin le plus reculé du jardin. La porte en bois ne tenait plus que par un seul gond et se balançait au gré du vent. On la devinait à peine, cachée derrière quantité de mauvaises herbes. Un carreau de la petite fenêtre était cassé, et Céleste se pencha pour jeter un coup d'œil.

— Le dîner est prêt ! cria leur mère depuis la maison.

— J'arrive ! hurla Céleste en retour.

Elle toucha du doigt le bois de la vieille porte, fermée par un cadenas en bien piteux état.

— Il doit y avoir une vieille brouette, là-dedans… Ou bien des arrosoirs rouillés et des ustensiles de jardinage ! s'exclama Anatole, tout excité, dans son dos.

Céleste sursauta.

— Tu penses qu'une chauve-souris ou une vieille chouette enragée va te sauter dessus ou quoi ? se moqua Anatole.

— Ne sois pas bête… On l'ouvre ?

— Vu la tête du cadenas qui pendouille, ça ne devrait pas être trop difficile.

À peine eurent-ils secoué les planches de la porte que

celui-ci tomba à leurs pieds mais, à leur grande déception, les lieux ne présentaient aucun intérêt. Des branchages, une scie, un râteau et une roue de vélo comme tout trésor.

Cette fois, c'est la voix menaçante de leur père qui les invita à se présenter à la cuisine au plus vite.

— On a plutôt intérêt à se grouiller, si on ne veut pas servir de dessert, dit Anatole en se dirigeant avec hâte vers la maison.

Céleste quitta la remise après son frère mais, lorsqu'elle passa le seuil, il lui sembla sentir un courant d'air sur ses mollets. Elle se figea puis revint sur ses pas, sans pourtant observer quoi que ce soit de particulier. Elle secoua la tête : le côté « jardin abandonné » avait un peu trop stimulé son imagination.

Pourtant, en se dirigeant vers la maison, Céleste n'aurait su dire ce qu'elle ressentait. Comme l'intime conviction que la vie, ici, pourrait se révéler bien plus trépidante qu'elle n'en avait l'air.

Chapitre 2

Une chambre

Le soleil filtrait au travers des volets. Céleste sortit avec peine du lourd sommeil dans lequel elle était plongée et réalisa qu'elle avait étonnamment bien dormi dans sa nouvelle chambre. Il était déjà plus de neuf heures et les bruits familiers du petit déjeuner lui parvenaient par l'escalier.

— Allez hop ! C'est parti !

Elle sauta dans ses chaussons et prit la direction de la cuisine. Anatole avait le nez plongé dans son bol de lait, tandis que Gaspard triait consciencieusement ses céréales par couleur, assurant à qui voulait l'entendre que celles qui étaient orange pâle étaient empoisonnées.

— Bonjour !

— Céleste de meilleure humeur ! En voilà une bonne nouvelle ! Comment s'est passée la nuit dans ta nouvelle tanière ? lui demanda son père.

— J'ai dormi comme un loir !

Céleste saisit un morceau de pain grillé.

— Dis, Papa, j'aimerais participer aux travaux.

Bruno Renoir leva un sourcil étonné.

— Tiens donc !

— Je voudrais m'occuper du jardin.

— Le jardin ? C'est qu'il y a déjà tant à faire dans la maison… Mais, après tout, pourquoi pas ? Tu pourrais désherber ce qui devait être autrefois des massifs pleins de fleurs sur la droite de la terrasse… Le jardin est une pièce comme une autre… Si ça te fait plaisir…

Lentement, au rythme des efforts de chacun pour s'approprier les lieux, la journée s'écoula. Anna Renoir s'occupait du déballage des derniers cartons, tandis que son mari, motivé par l'initiative de sa fille, avait entrepris de débroussailler grossièrement le terrain pour le rendre plus praticable. Anatole, qui avait fini de ranger les jeux de société dans la grande salle de jeux, poussait le tricycle de Joséphine sur la terrasse. Céleste, quant à elle, s'affairait à éclaircir le coin à fraises découvert la veille.

À plusieurs reprises, elle passa devant la remise, se promettant de la nettoyer une fois qu'elle aurait fini de préparer un carré destiné à ses futures plantations. Un orage d'été s'invita, contraignant la famille à se replier en courant vers la maison. Céleste décida alors de terminer le rangement de ses dernières affaires.

Lorsqu'elle entra dans sa chambre, elle s'assit sur son lit et prit le temps de bien la détailler. Elle était plutôt jolie, chaleureuse, et si spacieuse… Quel contraste avec l'ancienne, partagée avec Anatole ! Ici, il y avait de la place pour un grand bureau, un coin lecture sous la fenêtre, un tas de rangements pour ses jouets, et deux grands placards pour les vêtements. Cerise sur le gâteau, une jolie cheminée ancienne surmontée d'un grand trumeau trônait au milieu de l'un des murs. Elle n'était plus en état de marche, mais donnait un petit côté romantique à sa chambre de jeune fille.

Le papier peint ancien et délavé représentait de jolies fleurs épanouies. Il était vieillot, mais apportait à l'ensemble un air hors du temps. Une fois les dernières caisses vidées, Céleste s'attela aux finitions. Elle s'arma d'un plumeau et de chiffons et elle commença à briquer la tablette de la cheminée et la plaque qui l'obturait. Au sol, juste devant l'âtre, elle sentit une dalle bouger légèrement sous ses pas. Elle se balança plusieurs fois sur celle-ci, puis s'agenouilla pour la regarder d'un peu plus près.

Là, juste au coin, si on y prêtait vraiment attention, on pouvait deviner une petite rainure. Intriguée, Céleste alla jusqu'à son bureau, sortit une petite règle de sa trousse, et l'insinua le plus profondément possible dans la fente. Après quelques secondes d'insistance, elle réussit à soulever la plaque et découvrit un espace qui devait constituer une cachette. Son excitation retomba aussitôt qu'elle constata que celle-ci était vide.

— Qu'est-ce que j'imaginais… tomber sur des louis d'or ?

Avant de replacer ce qui servait de couvercle, elle passa la main au fond du trou sans conviction, mais, à sa grande surprise, sentit une petite chose en relief. En se penchant pour mieux voir, elle découvrit un petit anneau.

— Un double fond !

Le cœur de Céleste s'emballa. Elle passa le doigt dans l'anneau et le tira délicatement. Elle sentit alors une trappe s'ouvrir, et découvrit un petit coffre doré qui semblait l'attendre là sagement. Incrédule, elle fit les quelques pas qui la séparaient de son lit en tenant précautionneusement l'objet entre ses mains. Tout doucement, comme si ce qu'elle tenait menaçait d'exploser à chaque seconde, elle s'assit sur son lit. Céleste se perdit dans la contemplation de la boîte. Le petit coffre était un véritable bijou, tout gravé de fines figures géométriques et de minuscules volutes gracieuses. Nul doute qu'il était fait de matériaux précieux.

— Céleste ? Peux-tu venir m'aider à trier ce sac de vêtements ? Je voudrais donner tout ce que tu ne mets plus.

Toute à sa découverte, Céleste n'avait pas entendu sa mère pénétrer dans la chambre. Sans trop savoir pourquoi, elle glissa en vitesse le coffret sous sa couette. Elle se leva ensuite, l'air le plus détaché possible, et suivit sa mère dans les escaliers. Une fois arrivée dans la buanderie, elle s'assit en tailleur près d'une montagne d'habits. Là, elles vérifièrent un à un les pulls trop petits, et mirent de côté les pantalons trop usés pour être donnés.

— Sais-tu qui étaient les anciens propriétaires de la maison ? demanda Céleste d'un ton détaché.

— Une vieille dame. Mais la maison est restée à l'abandon pendant des années.

— Elle avait des enfants ?

— Il me semble que, sur l'acte de vente, trois héritiers étaient mentionnés. Pourquoi ces questions, ma chérie ?

— J'ai juste envie d'en savoir un peu plus… Cette maison semble avoir une histoire.

— Le notaire nous a donné tout un dossier. La date de construction doit y être notée.

— Je commence à m'y sentir bien. Enfin, je crois…

Anna regarda tendrement sa fille et lui prit la main.

— Si tu savais comme je suis contente de t'entendre dire ça ! Le changement fait peur à tout le monde, ma puce, seulement il faut aller de l'avant. Nous ne pouvions pas rester à Grandville.

— Je sais…

— Moi aussi, je m'y sens bien, mais que de poussière accumulée en dix ans… Je ne sais pas par quel bout commencer.

Une fois le tri terminé, Céleste retourna dans sa chambre en prenant soin de refermer la porte derrière elle. Installée sur son lit, elle n'avait qu'une idée en tête : reprendre l'examen du coffret là où elle l'avait laissé.

Chapitre 3

Chubaka

Pour la centième fois au moins, Céleste tournait et retournait la petite boîte entre ses mains sans déceler ni ouverture ni serrure. Il devait forcément être possible de l'ouvrir : lorsqu'elle secouait l'objet, une chose cognait contre les parois intérieures.

Anatole pénétra avec fracas dans la chambre de sa sœur :

— Viens vite voir ce que Papa a trouvé !

Céleste sursauta, manquant de faire tomber le coffret.

— C'est pas possible ! Jamais tu toques aux portes ?

— Oh ça va, hein ! Excuse-moi. Pas la peine d'en faire tout un fromage…

Vexé, il lui tourna le dos et fit mine de repartir.

Céleste s'empressa de glisser la boîte sous la couverture.

— Allez, reviens… Mais c'est vrai, quoi, c'est ma chambre, désormais… Et tu as la tienne. Donc, s'il te plaît, prends la peine de frapper. De quoi il s'agit ?

— Trop tard ! lança Anatole, revanchard.

Le petit brun aux yeux bleu glacier dévala les escaliers avant les représailles. Sa sœur se lança joyeusement à sa poursuite, et arriva à bout de souffle au fond du jardin. Leur père se tenait souriant à l'entrée de la cabane.

— Céleste est déjà là ! Les nouvelles vont vite.

Elle entra dans la cabane, et trouva Joséphine, Gaspard et Anatole penchés au-dessus d'un tas de chiffons. Le cabanon était presque vide, débarrassé des immondices qui s'y trouvaient. Dans la semi-obscurité qui régnait, Céleste scruta l'amas de tissus. Au bout de quelques secondes, elle finit par entrapercevoir une petite boule de poils.

— Un chaton ! s'écria-t-elle en s'agenouillant aux côtés de ses frères.

— Je n'ai rien trouvé ici d'intéressant, si ce n'est un pauvre petit pépère en bien mauvaise santé, annonça leur père.

Effectivement, la petite bête faisait peine à voir. Elle avait les yeux tout collés et semblait beaucoup plus maigrichonne qu'elle n'aurait dû l'être.

— Oh ! Papa ! S'il te plaît, s'il te plaît, s'il te plaît !!! entonnèrent en chœur les deux aînés.

— Le piti chat lé a Phiphine ! décida Joséphine.

— J'en étais sûr, répondit leur père d'un ton qui déjà annonçait qu'il ne tarderait pas à céder. Eh bien on va dire que ce petit bonhomme était condamné, et que c'est un miracle que l'on se soit occupés de ce cabanon avant qu'il ne soit devenu son tombeau… Mais ne vous attachez pas trop vite, car il est bien mal en point.

Le chaton fut mené chez le vétérinaire le plus proche, et il fallut filer à la pharmacie pour trouver un collyre pour ses yeux. Anna Renoir installa un panier douillet dans la cuisine et alla acheter de quoi nourrir le chaton. D'après ce qu'avait estimé le docteur, la petite bête devait avoir un peu moins d'un mois. Il fallut lui donner du lait adapté et commencer peu à peu à lui proposer de la pâtée. Ainsi, Chubaka rejoignit officiellement la famille Renoir, au 5, rue des Saules à Montlouis.

Suite à cet épisode, Céleste et Anatole se sentirent obligés de terminer le rangement du cabanon, destiné à devenir un lieu de stockage pour le bois qu'ils brûleraient durant les soirées d'hiver dans l'imposante cheminée du salon.

Complètement vidé, l'endroit parut tout de suite bien plus grand. Il était constitué de planches et adossé à un joli mur d'ardoise qui clôturait tout le fond de leur terrain. Une fois le travail terminé, et avant de regagner la maison, Céleste jeta un dernier coup d'œil à l'intérieur :

— Bien moins mystérieux une fois vide.

— Oui, répondit Anatole avec regret, mais ça ferait quand même fait une chouette cabane, pour un club d'aventuriers, par exemple.

Ses yeux brillèrent de malice :

— Un club d'aventuriers… Mais avec qui ? Nous ne sommes que deux. Tu parles d'un club…

— Quelle rabat-joie tu fais, Céleste ! Je suis certain qu'on ne tardera pas à se faire des amis.

— Si seulement tu pouvais dire vrai… Je n'ai vraiment pas hâte que les vacances se terminent… Je suis bien mieux ici à farfouiller dans la maison qu'à affronter une pleine cour d'inconnus prêts à me détailler de la tête aux pieds.

Dans sa chambre, Céleste s'installa à son bureau pour examiner une fois encore le coffre. Une partie semblait faire charnière avec ce qui paraissait être le couvercle, mais impossible de déceler un mécanisme qui aurait permis d'ouvrir l'ensemble.

Au moment où elle allait capituler, Céleste aperçut un petit orifice en bas du pan principal de la boîte. Il était si fin qu'il lui avait échappé jusque-là.

— Qu'est-ce qui pourrait bien rentrer là-dedans…

— La pointe de ton compas, par exemple ?

Céleste fit un bond et manqua de tomber à la renverse :

— Anatole ! Zut ! C'est impossible d'avoir un minimum d'intimité, dans cette maison !

— Allez, Cé, calme-toi… C'est quoi cette boîte ?

— Très bien. Vu que de toute façon tu fourres ton nez partout… Voilà ce que j'ai trouvé.

— Waouh ! C'est rudement beau, on dirait un mini-coffre à trésor. Genre un truc de pirate miniature ! T'as trouvé ça où ?

— Bon… Je t'explique, mais tu gardes ça pour toi, sinon je suis certaine que les parents vont vouloir le rendre aux anciens propriétaires. Et pour l'instant, j'ai bien trop envie de savoir ce qu'il y a à l'intérieur.

Céleste désigna d'un geste l'endroit où elle avait fait sa découverte.

— Il était placé là. Dans une sorte de petite trappe, juste à l'angle de ma cheminée.

— Qu'est-ce que tu attends ? Prends ton compas !

— Tu es marrant ! Tu m'interromps, et c'est moi qui ne suis pas assez rapide…

— Assez parlé !

Anatole saisit la boîte et farfouilla dans la trousse posée sur le bureau. Céleste le laissa faire, il avait toujours été minutieux et très adroit. Effectivement, il réussit à immiscer la pointe du compas dans la petite ouverture, mais rien à faire : la boîte ne s'ouvrit pas pour autant.

— Oh c'que ça m'énerve ! Le pire, c'est que j'entends clairement quelque chose, comme un bruit de mécanisme… Je suis sûr et certain que je peux y arriver.

— J'ai bien l'impression que la clé d'origine devait être encore plus fine et plus longue que cette pointe.

Les yeux d'Anatole brillèrent tout à coup :

— Zut !

— Quoi ?

Il mit la main dans la poche arrière de son short en jean et en sortit une tige métallique.

— J'ai trouvé ça tout à l'heure sur le seuil de la cabane, dit Anatole.

Céleste prit la petite chose dans le creux de sa main et l'examina.

— Ça a dû tomber de la caisse à outils de Papa.

— Forcément…

— Je ne sais pas, mais en tout cas c'est… exactement ce qu'il nous faudrait pour…

Anatole jeta un regard lourd de sens à sa sœur.

— Tu crois vraiment ? Mais… c'est… trop bizarre.

L'ambiance devint électrique. Une fois les deux objets placés côte à côte, ils restèrent bouche bée : l'aiguille ne pouvait être autre chose que la clé du coffret. Son extrémité était décorée des mêmes gravures que celles présentes sur la boîte dorée.

Ils restèrent immobiles un long moment :

— C'est délirant… chuchota Céleste.

— Je ne te le fais pas dire.

— On tente ?

— Eh ben… je ne vois pas ce qu'on peut faire d'autre.

Dans un silence religieux, Anatole inséra la tige dans le minuscule orifice, puis la tourna délicatement. Ils perçurent tous deux un léger « clic » lors de la manœuvre. Le jeune garçon tenta d'ouvrir la boîte, mais elle demeura malgré tout désespérément close. Il la déposa délicatement sur le bureau et laissa ensuite tomber ses mains sur ses genoux.

— C'était trop beau…

— Attends… Peut-être faut-il tourner la clé deux fois, ou je ne sais quoi d'autre… Il doit sûrement y avoir un truc ! On a tout de même entendu un bruit.

Céleste retourna le coffret plusieurs fois entre ses mains, bien décidée à en percer le secret et, soudain, son insistance fut récompensée. Sous la boîte, dans l'une des volutes finement gravées, apparaissait, entre autres symboles, un petit triangle légèrement différent des autres. Un peu au hasard, et sans trop savoir pourquoi, elle ressentit l'irrépressible envie de le presser. Celui-ci s'enfonça alors de quelques millimètres et tout s'enchaîna : les enfants entendirent un mécanisme se mettre en branle, une série de cliquetis bien réguliers, et, au bout de quelques secondes, un second petit bruit sec claqua… À cet instant précis, le couvercle se souleva lentement de lui-même, jusqu'à l'ouverture complète.

— Waouhhh ! Sophistiqué comme système ! lâcha Anatole.

Stupéfaite, Céleste mit un moment avant de se décider à examiner l'intérieur de la boîte. Un petit sac de velours d'un bleu profond se trouvait là. Il était tenu fermé par un fin lien de cuir noir. Sans plus attendre, elle le saisit et le posa bien à plat sur le sous-main du bureau.

Céleste desserra soigneusement le cordon et fit glisser

le contenu de la pochette sur le bureau. Un magnifique pendentif apparut, accroché à une jolie chaîne dorée.

— Un bijou ? Tout ça pour un bijou… soupira le petit garçon.

— Sublime ! s'exclama Céleste, émerveillée.

Anatole souffla bruyamment.

— J'espérais autre chose… Je sais pas, moi… Une carte au trésor, ou encore une autre clé, pour enchaîner sur un jeu de piste… Bref, un truc un peu plus palpitant qu'un collier.

Céleste ne se lassait pas de tourner et de retourner leur trouvaille entre ses longs doigts. Le pendentif en lui-même était plutôt curieux. De forme triangulaire, il comportait lui aussi des gravures semblables à celles du coffret et de la clé. Il ne faisait aucun doute que les trois objets avaient été fabriqués par un seul et même artisan.

— Je trouve ça fascinant, et tellement romantique… Imagine une jeune fille, au début du siècle dernier, cachant ce beau collier à l'abri des regards.

— On pourrait peut-être le revendre pour s'acheter des talkies-walkies ?

Céleste toisa son frère et secoua la tête.

— Si quelqu'un l'a caché avec tant de précautions, c'est qu'il lui était précieux. De toute façon, tu as en partie ouvert la boîte, mais c'est moi qui l'ai trouvée. Le contenu m'appartient !

— Oh ! Tu peux bien le garder, ton collier, répondit Anatole en quittant la chambre.

Céleste prit soin de cacher le bijou. Quelque chose lui disait qu'il était bien loin d'être aussi insignifiant que le prétendait son frère.

Chapitre 4

Tam-tam

— Plus que quinze jours de vacances.

Anatole n'en finissait plus de se lamenter.

— J'ai l'estomac noué rien qu'à penser à la grille du collège…

— Papa… Je t'en prie, je m'occuperai aussi de cirer tes chaussures… insista Anatole.

Celui-ci avait passé la matinée à supplier son père de lui laisser le cabanon pour en faire son quartier général, et il parvint finalement à ses fins après avoir promis quarante années de nettoyage de voiture, et environ le double en ramassage de feuilles mortes.

— J'imagine que je trouverai bien un autre endroit pour mon bois.

Anatole sauta au cou de son père et se mit à danser sur la pelouse fraîchement tondue. Aussitôt, les deux enfants décidèrent d'aménager les lieux. Maman leur donna de vieux coussins, des couvertures élimées et l'ancienne table basse un brin bancale. Papa vint redresser la porte et installer un verrou flambant neuf. Après quelques heures de travail, le cabanon était devenu un endroit plutôt coquet.

Les jours suivants, le temps s'étira tout aussi tranquillement. Bruno ne devait prendre son poste qu'au moment de la rentrée scolaire et passait le plus clair de son temps à entreprendre des travaux aux quatre coins de la maison. Anna avait décidé de mettre son activité professionnelle en pause quelque temps. Gaspard et Joséphine avaient déjà pleinement pris possession des lieux et jouaient des heures dans le bac à sable qui avait été installé sur la terrasse attenante à la maison, sabotant toute tentative de garder celle-ci dans un état un tant soit peu correct.

Chubaka avait vite repris du poil de la bête. Il avait bien grossi, prenait de plus en plus d'assurance, et se lançait même à l'assaut du jardin. Les jours s'écoulaient lentement mais sûrement, et Céleste et Anatole arpentaient avec délice le jardin, traînant souvent près du grand saule pleureur, ou encore dans ce qui était désormais devenu leur repaire. Ils n'avaient pas encore rencontré d'enfants, la rue étant désespérément déserte en cette période de l'année… Anna Renoir avait bien entendu dire à la boulangerie que leurs voisins avaient un garçon de l'âge de Céleste, mais ceux-ci passaient apparemment l'intégralité de leurs vacances au bord de la mer.

Ce matin-là, après une nouvelle grasse matinée, Céleste s'étirait comme un chat dans son lit. Elle s'habillait tranquillement lorsqu'il lui sembla entendre un son lointain, semblable à celui d'un tam-tam. Elle crut d'abord être victime d'hallucination auditive et s'apprêtait à sortir de sa chambre lorsque le tambourinement s'intensifia. Elle renouvela l'expérience et, chaque fois qu'elle tentait un pas vers le palier, le bruit redoublait d'intensité.

Elle entrouvrit la fenêtre pour chercher la provenance du bruit, mais constata que le son ne venait pas du dehors. Après une inspection en règle de toute la chambre, Céleste se mit à douter de sa santé mentale : il n'y avait pas d'hésitation possible, le bruit provenait de son placard. Perplexe, elle en ouvrit les portes et scruta chacune des étagères. Se pouvait-il que Gaspard ait égaré un jouet par ici ? Avait-elle mal rangé son lecteur MP3 ? Elle comprit finalement que le tambourinement émanait d'une pile de robes, pile sous laquelle se trouvait dissimulé le coffret caché quelques jours plus tôt. Elle souleva doucement ses vêtements et observa la petite boîte qui tremblait au gré des vibrations. Après un court instant d'hésitation, elle s'en saisit et le petit coffre cessa alors instantanément de vibrer.

— Je deviens dingue, ou quoi ?

Elle s'assit sur le bord de son lit et entreprit de déverrouiller à nouveau la boîte à l'aide de la clé. Sans surprise, elle trouva le petit sac contenant la chaîne et le pendentif à l'intérieur. Céleste passa quelques minutes à jouer avec l'ensemble, pensive, puis l'accrocha à son cou. Elle contempla avec satisfaction son reflet dans le miroir, mais glissa le collier sous son tee-shirt, bien à l'abri des regards…

Chapitre 5

Toc toc toc

Allongés dans l'herbe, Céleste et son frère arrachaient consciencieusement toutes les pâquerettes qui passaient à portée de leurs mains.

— Tu veux jouer à quoi ? demanda Anatole.

— On a déjà épuisé tous nos jeux habituels, et il ne fait pas suffisamment chaud pour sortir les pistolets à eau…

— Une chasse au trésor ? Allez, dis oui, s'il te plaît ! Chacun notre tour, on fait un jeu de piste pour l'autre ! Indices, mots codés, charades, rébus et tout le toutim ! Ça te dit ?

Céleste ne prit pas la peine de lutter. Quand Anatole était aussi décidé, rien ne semblait pouvoir l'arrêter.

— De toute façon, je n'ai pas d'autre idée…

— Super ! Je fonce à la maison chercher des feutres et des feuilles de papier ! Rendez-vous à la cabane !

À ces mots, il s'élança en direction de la maison. Céleste se dirigea en traînant les pieds vers le cabanon, s'arrêta puis sourit. Elle adorait cet endroit rien qu'à eux, Anatole avait bien fait d'insister. Lorsqu'elle poussa mollement la porte, elle resta clouée sur place : là, au milieu du mur d'ardoise, se trouvait une petite porte en bois. Elle sortit en reculant, tremblante de peur, inspira profondément plusieurs fois, puis rassembla tout son courage et retourna vérifier que tout ceci n'était qu'une farce.

Prudemment, elle passa la tête par l'ouverture, mais la porte était toujours là. Environ un mètre cinquante de haut et une belle poignée clinquante, comme si elle venait tout juste d'être astiquée ! Elle sortit à nouveau, paniquée, et courut au-devant de son frère :

— Viens vite ! Je deviens folle !

— Ah ! Si c'est seulement aujourd'hui que tu t'en aperçois, ma pauvre vieille…

— Arrête !

Anatole s'arrêta de sourire en constatant que sa sœur était blanche comme un linge.

— Eh ! Mais tu trembles ?

— Anatole… Il y a une porte à l'intérieur du cabanon, en plein milieu du mur d'ardoise… Une porte qui n'était pas là hier !

— Tu dois yoyoter un petit peu quand même… plaisanta Anatole.

— Je t'en supplie… Va voir…

À moitié rassuré, Anatole s'approcha de leur repaire. Il marqua un temps sur le seuil, prit une profonde respiration puis y pénétra d'un coup. Il en ressortit aussitôt, triomphant :

— Tu me faisais marcher, et ça a bien failli réussir !

Céleste le rejoignit en titubant, incrédule mais soulagée, et ils passèrent la porte, ensemble, cette fois. La petite porte leur faisait face.

— Aaaaaaah ! Mais comment tu fais ça ? ! hurla Anatole. Arrête tout de suite !

Céleste avait retrouvé le calme qui la caractérisait. La présence de son frère la rassurait, et elle avait la preuve qu'elle était saine d'esprit. Elle scruta l'ouverture avec attention.

— Incroyable…

— Mais comment c'est possible ? Il y a deux minutes, je n'ai rien vu… Enfin non ! Ce n'est pas ça : il n'y avait rien !

— Je ne sais pas quoi te dire.

— Attends… On ressort et on voit si elle est toujours là…

Ils firent une dizaine d'essais : en présence de Céleste, que son frère soit là ou non, il y avait bien une porte plaquée sur le mur, à l'intérieur de la cabane.

— On joue là depuis des jours, qu'est-ce qui a bien pu se passer ? Aussi dingue que ce soit, une porte apparaît quand tu es là !

— Le pendentif…

— Quoi ?

— Le pendentif, répéta Céleste en sortant le médaillon de sous son tee-shirt. Je l'ai mis ce matin.

Elle fit alors un nouvel essai, et tenta de rentrer en ayant pris soin d'accrocher le bijou à une branche du saule voisin. Cette fois-ci, la porte n'apparut pas…

— À moi d'essayer !

Anatole prit le collier dans sa main et entra, mais rien ne se produisit.

— Mets-le à ton cou, lui suggéra Céleste de l'extérieur.

Même le collier passé autour de son cou, Anatole ne faisait rien apparaître.

— En tout cas, ne compte pas sur moi pour m'approcher

de ce machin, grogna Anatole, c'est carrément angoissant… Et puis toi aussi, tu me fais flipper…

— Je te rassure, moi non plus je n'ai aucune envie d'approcher cette porte.

Elle lui raconta comment la boîte et le collier l'avaient « appelée » le matin même. Ils décidèrent évidemment de garder tout cela pour eux.

Céleste cogita toute la journée, tout ça paraissait insensé… Avant le dîner, elle voulut en avoir le cœur net et retourna seule vérifier l'apparition. La porte était toujours fidèle au poste, semblant la défier. Mais cette fois-ci, elle perçut un bruit familier de tam-tam au loin. Plus précisément, qui provenait de derrière la porte.

— Ah ! Tu es là ! Les lasagnes sont servies !

— Papa ?

— Mais dis-moi, c'est rudement mignon chez vous, maintenant ! Vous nous inviterez bientôt pour prendre un thé, j'espère !

— Euh… Oui ! Avec plaisir ! balbutia Céleste

Son père passa devant la petite porte à plusieurs reprises, puis s'adossa au mur, juste à côté de celle-ci, sans paraître remarquer quoi que ce soit.

— Bon, allez, rentrons vite ! Ta mère va râler ! Et puis les lasagnes froides, ce n'est pas vraiment ce qu'il y a de meilleur !

Céleste n'en revenait pas. Non seulement la porte apparaissait uniquement en sa présence et lorsqu'elle portait le collier, mais son père ne la voyait pas ! Alors, comment expliquer le fait qu'Anatole la distingue ? Elle passa la nuit suivante à réfléchir sans réussir à fermer l'œil et se releva plusieurs fois pour examiner successivement la boîte, le collier et le pendentif. Se pouvait-il que les inscriptions aient un sens ? Jusqu'à présent, elle ne les avait considérées que comme des dessins, mais peut-être s'agissait-il bien là de symboles.

Vers les quatre heures du matin, elle eut soudain une intuition plutôt qu'une idée. Elle se releva à nouveau et saisit une énième fois le coffret. Elle l'ouvrit encore avec soin et caressa le fond lisse de la boîte, là même où reposait sagement le petit sac qui avait contenu le pendentif. Elle se retint de pousser un cri de joie. Bien sûr ! La boîte était bien moins profonde qu'elle ne l'aurait dû ! Elle examina en détail la paroi sans rien déceler au premier abord, puis tenta de glisser un ongle au niveau du joint.

— Ça se soulève !

Céleste fit délicatement levier, et découvrit un double fond. Un petit papier plié en quatre reposait là. Plus proche du fragment de parchemin que de la feuille blanche classique, il dégageait une curieuse odeur d'encens. Elle le déplia avec soin et découvrit quelques lignes, inscrites à l'encre noire dans une écriture très biscornue :

Toc, toc, toc, êtes-vous prêts ?
Toc, toc, toc, soyez aux aguets
Toc, toc, toc, et maintenant : entrez !

Céleste n'aurait su dire si elle frémissait d'excitation ou bien de peur. Elle se laissa retomber sur son lit, le papier toujours entre les mains. Impossible de savoir pour l'instant à quoi ou à qui elle avait affaire… La seule chose qui lui parut à peu près certaine cette nuit-là, c'est que sa vie semblait prendre un curieux tournant.

Chapitre 6

Quartier libre

Le lendemain, lorsque Céleste descendit prendre son petit déjeuner, elle trouva Anatole et Gaspard en train de jouer avec le chaton, désormais en excellente forme.

— C'est pas Chubaka qu'on aurait dû t'appeler, mon vieux, mais pot de colle ! Il me suit à la trace, plaisanta Anatole en se dirigeant vers les toilettes et en tentant ensuite de fermer la porte avant que l'animal n'entre.

La jeune fille sourit et pénétra dans la cuisine.

— Bien dormi, ma chérie ?

— Euh… Oui, ça va. Merci Maman.

— Nous devons sortir, ce matin. Je voudrais acheter des étagères et un bureau pour ton frère. Gaspard, Anatole et Joséphine sont déjà prêts… Je te laisse terminer ton petit déjeuner, et ensuite nous filerons.

— Je suis vraiment obligée de venir avec vous ?

— Je ne vais quand même pas te laisser toute seule !

— Je ne suis plus un bébé ! Et franchement, je préférerais rester tranquillement à la maison…

Anatole, revenu dans la cuisine, sauta sur l'occasion, il avait horreur d'arpenter les galeries commerciales.

— Allez Maman, s'il te plaît…

— On se tiendra bien tranquilles, on n'ouvrira à personne, et je te promets même de faire au moins deux pages d'exercices ! assura Céleste.

— Après tout… Plutôt que de vous entendre vous plaindre à tous les rayons…

Anna Renoir se tut et les considéra longuement.

— Est-ce que je peux vous faire confiance ?

— PRO-MIS !!! s'écrièrent en chœur les enfants.

— Affaire conclue, alors… Nous avons une liste de choses à faire longue comme un jour sans pain, nous ne devrions être de retour qu'en milieu d'après-midi. Je vais vous laisser du melon, des tranches de jambon, un peu de fromage et quelques fruits, avec ça vous devriez survivre !

Quelques minutes plus tard, la voiture familiale quittait l'allée. Céleste prit soin de bien refermer le portail, comme elle avait promis à ses parents de le faire. Son regard croisa enfin celui de son frère :

— On sait tous les deux comment on va occuper notre journée, pas vrai ?

— Oui, et je t'avoue que j'ai des grenouilles dans l'estomac rien que d'y penser.

Ils verrouillèrent avec soin la porte d'entrée. La maison était mitoyenne et de chaque côté du terrain se trouvaient de hauts murs qui les séparaient des jardins voisins. Ils ne seraient pas dérangés… Une fois tout en ordre, Céleste toucha délicatement son pendentif et prit la direction du cabanon, son frère sur les talons.

— Hier soir, j'étais revenue vérifier que je voyais toujours cette porte, lorsque Papa est entré dans la cabane.

— Et ?

— Et il n'a absolument rien remarqué, comme s'il ne la distinguait pas…

— Mais pourtant, moi, je la vois, quand je suis avec toi.

— Nous allons contrôler tout ça dans quelques instants.

À quelques mètres de la cabane, Céleste se figea :

— Écoute ! Tu entends ?

À mesure qu'ils s'approchaient du seuil, tout comme la veille, un lointain tam-tam se faisait entendre… Anatole trébucha, se retrouva sur les genoux et pesta :

— Comme si je n'étais pas assez stressé ! Chubaka s'est pris dans mes pieds…

Le chat se frottait contre lui en ronronnant aussi fort qu'il le pouvait. Le garçon le caressa un moment avant de se relever, comme pour se donner du courage.

— Quand faut y aller…

La porte était toujours là, vibrant doucement au rythme des percussions. Céleste respira un bon coup, s'approcha du mur sur lequel la porte se détachait et saisit la poignée rutilante. Elle était envahie d'un curieux mélange de peur et d'excitation. Elle lança un dernier coup d'œil à Anatole et se décida à tourner la poignée. La porte n'opposa pas la moindre résistance, et ils se trouvèrent aussitôt face à un long tunnel éclairé de flambeaux, accrochés aux parois de pierre. Sans regarder en arrière, Céleste s'engagea dans le souterrain, suivie de près par son frère. À peine eurent-ils fait quelques pas que la porte claqua derrière eux avec fracas. Ils tressaillirent et se dévisagèrent un moment, aussi blêmes l'un que l'autre. Anatole revint sur ses pas et tenta de ressortir. À sa grande surprise, la porte se laissa rouvrir docilement : là, l'intérieur du cabanon quitté tout juste quelques secondes plus tôt s'offrait à leurs regards.

— Bon, on n'est pas coincés, c'est déjà ça...

Il referma la porte et vint se replacer tout à côté de sa sœur. À mesure qu'ils progressaient dans le tunnel, de nouveaux flambeaux s'allumaient, tandis que derrière eux l'obscurité reprenait possession des lieux.

— Aaah ! cria Anatole au bout d'une dizaine de mètres.

— Qu'est-ce que tu as ?

— J'ai senti une chose !

— Chubaka ! s'exclama Céleste en apercevant le petit chat. Mince ! Il a dû entrer juste derrière nous.

Elle se baissa et le prit dans ses bras. La petite bête frotta son museau contre les avant-bras de la jeune fille en ronronnant de plaisir.

— Je suis venu pour vous guider. Il ne faudrait pas que vous vous perdiez dès la première visite...

Sous l'effet de la surprise, elle lâcha le chat. L'animal retomba sur ses pattes un mètre plus bas.

— Eh bien quoi ? Vous n'avez jamais entendu un chat parler ? Je plaisante ! N'ayez pas peur, vous allez vite apprendre à me connaître. J'ai la réputation d'être très farceur. Allons ! Venez !

— Qu'est-ce que c'est que ce délire ? lança Anatole.

Anatole s'était figé.

— Allons, allons... Ne fais pas l'enfant, mon petit... reprit le chat.

— Mais...

Le chat se dandinait au-devant d'eux en agitant mollement sa queue tigrée. Après un instant d'hésitation, Céleste et Anatole se décidèrent à le suivre. Une cinquantaine de mètres plus tard, ils parvinrent à un nœud de galeries. Là, six tunnels partaient dans différentes directions. Ils suivirent le chat qui avait pris la voie la plus à droite. La situation était tellement irréelle que les enfants se raccrochaient à la seule chose qui leur était familière, en l'occurrence le petit chat recueilli quelque temps plus tôt.

Anatole, avait sans s'en rendre compte, saisi la main de sa grande sœur. Ils continuèrent de marcher environ une minute après le premier croisement.

— Bientôt, vous ferez le chemin les yeux fermés, reprit l'animal. Et tant que j'y pense, ce n'est pas que « Chubaka » ne me plaise pas, ni « pot de colle » par ailleurs, mais mon véritable nom est Gonzague.

— Ton véritable nom ? Mais tu n'es qu'un chaton ! Tu ne pouvais pas avoir de nom avant qu'on te recueille ! intervint Anatole subitement en colère. Et puis tu penses sérieusement qu'on va avoir envie de revenir ici, ou d'en faire notre résidence secondaire ?

— Tu peux me tutoyer, ironisa le chaton, vexé. Seulement, sache que ma forme actuelle est celle d'un chaton, mais que j'ai plus de six cents ans et pas l'habitude qu'on me traite aussi familièrement, mon petit bonhomme…

Anatole ouvrit et referma plusieurs fois la bouche.

— Euh… Eh bien, désolé… Je ne voulais pas…

— Ce que mon frère veut dire, c'est que cette situation, pour nous, est un peu… étrange, et que nous n'avons jamais eu la chance de rencontrer un chat savant.

Céleste avait saisi que l'animal avait un ego assez surdimensionné. Flatté, Gonzague reprit en ronronnant :

— Je le sais bien, ma chère amie. Vous n'êtes pas des habitués… D'ailleurs, j'étais fort sceptique quant à vos capacités, au début… Mais après tout, il faudra bien tenter le tout pour le tout, voyez-vous…

— Des habitués ? intervint Anatole, dont le visage était devenu aussi blanc que les murs.

— Je vais laisser à Héliodore le soin de vous expliquer tout cela. Je ne suis censé vous surveiller qu'au « Dehors ».

— «Hélio» quoi ? Mais qu'est-ce qu'il baragouine, Céleste ? Nous sommes devenus fous ou quoi ?

Céleste serra fort la main de son frère pour tenter de le rassurer.

— Veuillez excuser mon frère, tout cela est très… perturbant, pour nous. Qui est Héliodore ?

— Un peu de patience, vous allez le rencontrer très rapidement.

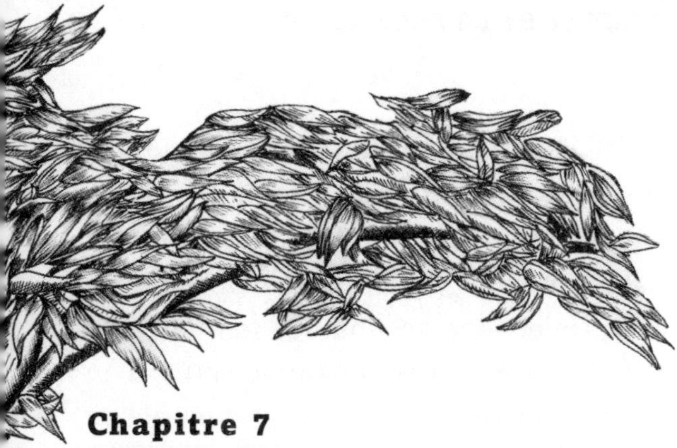

Chapitre 7

Héliodore

La galerie déboucha dans une vaste salle. Les enfants y pénétrèrent à la suite de Gonzague et ni l'un ni l'autre ne put émettre le moindre son, tant le spectacle qui s'offrait à leurs yeux était incroyable. Des créatures inconnues déambulaient dans la pièce. Des écrans de contrôle ultra-sophistiqués tapissaient la quasi-totalité des murs. D'un autre côté de la pièce monumentale se trouvaient alignés des instruments visiblement en or massif, tous plus biscornus les uns que les autres. Et toujours, en fond sonore, ce bruit de tam-tam, qui semblait provenir d'une machine immense et scintillante, apparemment entièrement constituée d'or, elle aussi.

Les êtres présents ne ressemblaient en rien à ce que les enfants avaient pu imaginer ou voir dans leurs livres de contes. Ils mesuraient approximativement un mètre quarante ; un peu plus petits que ne l'était Anatole, donc. Leurs petits corps gris étaient frêles et ridés, tandis que leurs têtes paraissaient surdimensionnées. Ils semblaient imberbes, mis à part deux grosses touffes de poils qui émergeaient de chaque côté de leur tête. Leurs visages étaient plutôt plats et comportaient deux petits yeux rapprochés, un nez très long, ainsi qu'une bouche fine. Leurs oreilles étaient longues et pointues, et ils étaient vêtus d'une toge beigeâtre ; seul un liseré brodé au col se détachait. Tous stoppèrent leurs diverses activités lorsqu'ils prirent conscience de la présence des deux enfants.

Subitement, un premier être se courba, mimant une sorte de révérence. Il fut suivi d'un deuxième, puis d'un troisième, et, en quelques secondes, Céleste et Anatole se trouvèrent devant un parterre de créatures prosternées.

— Debout, mes amis, debout ! tonna soudain une grosse voix en provenance du fond de la pièce.

— Oh oui, relevez-vous, dit le chat. Si vous saviez… Ils sont beaucoup moins impressionnants que vous ne le pensez.

— Gonzague, un peu de respect, veux-tu ! Bienvenue dans notre quartier général !

Un être plus âgé que les autres, au vu de la couleur et de l'aspect des poils plantés près de ses oreilles, vint à leur rencontre.

— Voici Héliodore ! Je parlais de vous à l'instant ! clama Gonzague.

À ces mots, le chat se mua en une créature semblable aux autres, comme si c'était la chose la plus naturelle du monde. Les enfants, médusés, avaient depuis longtemps dépassé le stade de la peur. Comme dans un rêve, ils avaient la sensation curieuse de se trouver spectateurs d'une série d'événements incroyables, et ce depuis la découverte de la porte.

— Mes pauvres amis… Vous devez être secoués, venez donc vous asseoir avec moi un instant.

Le dénommé Héliodore les guida jusqu'à un coin de la grande salle, aménagé en un semblant de salon. La foule s'écarta alors, et chacun reprit son activité, tout en jetant en douce de nombreux coups d'œil en direction des enfants.

— Que l'on nous apporte un thé à la sauge, reprit Héliodore en s'asseyant.

— Argh ! grimaça Anatole.

— Plaît-il ?

— C'est que… Vous n'auriez pas du chocolat chaud, ou un truc comme ça ? Parce que le thé à la sauge, je connais pas, mais ça ne me dit pas plus que ça…

— Anatole, dit Céleste en foudroyant son frère du regard, c'est très malpoli. Je crois que nous avons quelques points à éclaircir de façon urgente, avant de demander du chocolat chaud !

Malgré elle, Céleste avait parlé avec colère.

— Ma chère amie, je comprends votre surprise… Tout cela est déroutant, n'est-il pas ? Ça me rappelle la fois où j'ai dû me rendre dans le vestibule des Entrailles, mais ceci est une autre histoire… Nous allons tenter de faire la lumière sur tous les points que vous voudrez. Mais je suis persuadé qu'avant toute chose une petite collation vous fera le plus grand bien.

Une créature porta quatre tasses de chocolat fumantes et une assiette de petits gâteaux. Anatole se jeta sur les biscuits, manquant d'en avaler un tout rond, fit une grimace surprenante et recracha le tout dans une petite serviette à fleurs.

— Ils veulent nous empoisonner ! Pouahhhh !!! Mais qu'est-ce que c'est que cette horreur ?

— Des kimils, ce sont des gâteaux à la sauge…

— Vous êtes obsédés par la sauge !

— Exactement ce qu'on nous avait décrit, murmura Gonzague en levant les yeux au ciel.

Gonzague, qui avait conservé une longue queue tigrée lors de sa transformation, s'installa près d'Héliodore.

— Comment ça ? Qui vous a parlé de nous, s'emporta Anatole, ça va bien, maintenant, allez viens, Céleste, on s'en va !

— Allons, mon garçon... Installez-vous et dégustez votre chocolat, même si, j'en suis sûr, dans quelque temps, vous ne jurerez plus que par le thé à la sauge, dit Héliodore d'une voix apaisante.

Anatole posa le bout de ses lèvres sur le bord de la tasse avec un air suspicieux.

— Tout d'abord, laissez-moi vous présenter mon peuple. Nous somme les Gudruths, la société la plus ancienne de l'Arbre cosmique, et, en quelque sorte, ses gardiens spirituels.

— Vous ressemblez un peu à des lutins, déclara Anatole en sirotant maintenant sa tasse avec gourmandise.

— Pfff, des lutins, siffla Gonzague, sache que les lutins se cantonnent à votre monde et ne mesurent pas plus de cinq centimètres...

— Je ne voulais pas vous vexer, marmonna Anatole, embarrassé.

— Bon... reprit Céleste, les Gudruths... Enchantée... Mais cela ne nous dit pas pourquoi nous sommes ici.

— Pour faire court, reprit Héliodore, vous avez en quelque sorte été désignés.

— Désignés ? Mais par qui ? Et pour faire quoi ? le coupa Anatole. Tester toutes vos inventions culinaires à la sauge ?

— Décidément, aussi effronté que prévu, intervint Gonzague, visiblement irrité.

Héliodore, lui, riait sous cape.

— C'est exactement ce qu'il nous fallait ! Je commence à comprendre où elle voulait en venir !

— Bon, c'est bien joli tout ça, dit Anatole, mais on ne comprend rien à vos histoires, et surtout on ne va pas vous retarder, hein ! Nous allons reprendre le chemin, euh, le tunnel du retour.

Il se leva et tira sa sœur par le bras. Héliodore et Gonzague ne bougèrent pas d'un poil d'oreille.

— Je suis tout à fait désolé, mais cela ne va pas être possible. La porte est verrouillée jusqu'à ce que vous ayez écouté ce que nous avons à vous dire. Mais je vous rassure tout de suite, vous n'êtes en aucun cas nos prisonniers, vous serez libres de repartir une fois que j'aurai dit tout ce que j'ai à dire.

— On est censés être rassurés, là ? demanda Anatole.

— Installez-vous confortablement et essayez de ne pas trop nous interrompre, voulez-vous, dit Héliodore en regardant Anatole avec bienveillance. Il y va de notre survie à tous…

Après un long échange de regards, Céleste et Anatole prirent place dans de grands fauteuils en forme de feuilles géantes, pour écouter ce que les deux Gudruths nommaient la « Prophétie ».

— Voyez-vous, mes très chers, votre monde, le monde des Humains, fait partie d'un puzzle complexe.

— Puzzle, articula lentement Gonzague en s'adressant à Anatole et en mimant avec ses mains des pièces s'imbriquant.

— Oh ! Ça va, hein ! Je suis pas idiot !

Héliodore donna un coup de coude à son compagnon.

— Vous ne deviez évidemment pas en avoir conscience jusqu'à aujourd'hui, comme la grande majorité de vos semblables, mais d'autres mondes vivent parallèlement au vôtre, expliqua Héliodore.

— Il n'y a pas d'accès entre votre monde et les autres, sauf erreurs techniques qui donnent lieu à des phénomènes incompris chez vous, et qui nous font toujours beaucoup rire, dit Gonzague, hilare.

Héliodore le regarda d'un œil sévère.

— Gonzague, l'heure n'est pas à la plaisanterie…

— Désolé, mais les humains m'ont toujours beaucoup plu, ils sont si drôles ! Regardez cet air candide !

— Reprenons, voulez-vous. Au-dessus des différents mondes, il en existe un dit « supérieur », dans lequel règne depuis la nuit des temps notre gracieuse et humble majesté Galathée. Elle y vit avec une garde très rapprochée. Ensuite, juste en dessous, il y a notre monde, celui des Gudruths. Puis, au niveau inférieur, le monde des Humains, ainsi que quatre autres : celui des Glaces, du Feu, celui des Mers et encore celui des Géants et des Kalloks.

— Et au dernier niveau, là où, je l'espère sincèrement, aucun d'entre nous n'aura à aller, se situe le monde des Entrailles, conclut Gonzague, l'air soudain grave.

— Bon, alors si je résume, dit Céleste incrédule, nous arrivons ici par une porte magique, pour tomber sur vous et apprendre par la même occasion qu'un tas de choses étranges vivent dans des mondes parallèles ? Excusez-moi, mais vous serait-il possible de me pincer ? Et puis, je suis désolée, mais en quoi tout ça nous concerne ?

— Je sais que cela doit vous paraître fou… Mais nous

faisons confiance à Galathée depuis des millénaires. Elle a toujours su comment gérer l'Arbre, même si cette crise est de loin la plus terrible à laquelle nous ayons dû faire face, dit Héliodore.

— Je comprends rien… Qu'est-ce que vous attendez de nous ? demanda Anatole.

— Galathée pense que vous quatre serez nos sauveurs… Céleste est l'une des Guides, et pas n'importe laquelle : l'Élue. Selon le Livre, elle devra être accompagnée par trois autres Guides. Gonzague a été envoyé dans votre monde afin de vous mener à la porte, puis jusqu'à nous. Pour l'instant, seule Céleste a le pouvoir de faire apparaître la communication entre nos mondes : la porte.

— Non mais ça va pas bien… souffla Anatole.

— La Prophétie est stable depuis quelque temps : elle mentionne trois humains menés par l'Élue, une jeune fille au tatouage. Quatre Guides.

— Un tatouage, voilà autre chose… souffla Anatole.

— Il a raison, ça n'a aucun sens ! Je ne sais rien faire de tout ce que vous dites ! explosa Céleste. Je ne mènerai rien du tout et je n'ai pas le moindre tatouage ! Et puis si vous avez des soucis, débrouillez-vous !

— C'est là que vous vous trompez, ma chère enfant… Lorsqu'il y a des turpitudes dans un monde, cela a irrémédiablement des résonances dans tous les autres. Vous, humains, êtes jusqu'à présent restés la plupart du temps en dehors des grands conflits de l'Arbre. Seulement les temps ont changé, et nous suivons toujours ce qu'indique le Livre. Galathée vous a donc envoyé chercher.

— Bon, c'est quoi le problème, exactement ? demanda Anatole en croisant les jambes.

— Un être malfaisant répondant au nom de Méléna menace notre équilibre. Si jamais elle parvient à ses fins, nous connaîtrons, tous mondes confondus, les heures les plus sombres de nos existences… Les Entrailles prendraient alors le dessus, expliqua Héliodore.

Héliodore et Gonzague se regardèrent tristement et baissèrent la tête simultanément.

— C'est qui, cette Méléna ? demanda Anatole.

— C'est assez compliqué à expliquer. Il s'agit de la jumelle de Galathée, son double qui a basculé il y a longtemps dans la Noirceur, rongée par la jalousie et dévorée par l'ambition. Elle croupissait enfermée dans les Entrailles depuis des siècles lorsqu'elle en a pris le pouvoir, à la tête d'une véritable armée, expliqua Gonzague.

Il soupira bruyamment, sa queue tigrée battant le sol avec régularité.

— Jusqu'à présent, cela n'avait pas d'impact. Comme il n'y avait pas de communication entre les Entrailles et les autres mondes, les troubles qui s'y déroulaient n'avaient quasiment pas de retentissements sur nous autres. Seulement, il y a peu de temps, Méléna est parvenue à en sortir alors que les issues sont verrouillées par des enchantements censés être inviolables… Elle a même réussi l'exploit d'entrer dans le monde supérieur d'où elle avait été bannie et où vit Galathée. Cela même est incompréhensible : hormis Galathée et les dieux auxiliaires, personne ne peut y entrer ou en sortir sans un protocole extrêmement précis et fastidieux.

— Méléna s'est emparée d'un bien précieux : le sceptre de Galathée, poursuivit Héliodore. Sans lui, Galathée perd une grande partie de ses pouvoirs. Pourtant, le Livre stipulait qu'elle seule pouvait en faire usage. De même, personne n'avait jamais réussi jusque-là à s'évader des Entrailles. C'est le début du chaos, personne ne sait plus à quoi s'attendre.

— La Prophétie mentionne que « quatre Guides issus du monde des Humains dont la bravoure n'a d'égale que le courage rétabliront la paix et l'équilibre », reprit Gonzague.

— Euh... Oui, mais désolé, les gars, ça va pas être possible. Je crois sincèrement qu'il y a erreur ! Déjà, nous ne sommes que deux, et puis ma sœur n'a pas de tatouage, et au cas où vous ne l'auriez pas remarqué : nous sommes des enfants ! railla Anatole.

Héliodore serra ses mains grises l'une contre l'autre.

— Je sais que tout cela est difficile à comprendre et à croire, pour vous... Mais je vous assure que tout ce que nous venons de vous raconter est vrai.

Anatole se leva et tendit la main à sa sœur. Celle-ci, après un certain laps de temps, se redressa à son tour :

— Je suis vraiment désolée... Nous vous avons écoutés, mais je crois sincèrement que vous faites erreur. Cela nous flatte beaucoup que votre peuple ait... pensé à nous, mais nous n'allons pas vous faire perdre votre temps plus longtemps.

Les enfants s'avançaient vers la sortie lorsque Héliodore demanda :

— Une dernière chose, Céleste... Tu as bien une tache de naissance en haut du dos ?

Chapitre 8

L'Élue

Décontenancée par la question, Céleste se figea, fronça les sourcils et se retourna vers Héliodore tandis qu'Anatole continuait d'avancer.

— Comment savez-vous ça ?

— Tout simplement parce que le Livre me l'a dit. Tu confirmes donc avoir un tatouage ou, si tu préfères, une tache de naissance tout en haut de ton dos. Que représente cette tache, pour toi ?

— Maman a toujours dit que ça ressemblait à un petit miroir.

— C'est une ruse, Céleste, viens ! dit Anatole.

— Je te demande juste un petit moment, et ensuite tu seras libre de partir, insista Héliodore.

Il la guida jusqu'à un tableau immense accroché à l'une des parois de la pièce. Il représentait une femme très belle aux cheveux longs et bruns. De ses yeux noirs émanaient une grande force et beaucoup de bienveillance. Différentes couches de tissus vaporeux composaient une magnifique robe. Elle se trouvait assise sur les branches d'un arbre et tenait un objet dans sa main droite.

— Il s'agit de Galathée, n'est-ce pas ?

— Oui… Elle tient le sceptre dans sa main… Cela ne te rappelle rien ? demanda Héliodore.

Anatole s'était approché d'eux en silence. De sa main droite, il souleva délicatement la chevelure de sa sœur pour examiner la tache et resta silencieux.

— Qu'est-ce qu'il y a ? s'enquit Céleste.

— Incroyable…

La tache de naissance ressemblait à s'y méprendre au contour du sceptre du tableau. La peau de Céleste se mit à scintiller et Anatole fit un bond en arrière.

— L'Élue !!! C'est bien l'Élue ! claironna Gonzague.

À ces mots, tous les Gudruths présents, qui n'avaient absolument rien raté des derniers échanges, acclamèrent les enfants, happés par un tourbillon d'émotions. Une fois la clameur retombée, Héliodore et Gonzague s'agenouillèrent solennellement devant la jeune fille.

— Pourriez-vous nous accorder un petit peu plus de temps avant de prendre votre décision ? implora Héliodore.

— Je… crois que nous n'avons pas vraiment le choix, murmura Céleste, toute retournée.

Ils s'installèrent à nouveau autour de la table basse. Anatole se pencha en avant, prêt à les bombarder de questions.

— Mais…

— Si ton père n'a pas vu la porte, c'est qu'il est humain et qu'il n'est pas l'un des quatre Guides, coupa Gonzague.

— Seulement je…

— Tu ne peux voir la porte qu'en la présence de Céleste parce que tu n'as pas encore ton propre médaillon, ajouta le Gudruth.

— Mais…

— Celui de Céleste a été placé dans sa chambre par Gonzague, les trois autres sont gardés en sécurité.

— Je… balbutia encore Anatole.

— Les Gudruths pourraient, eux, voir cette porte, car elle appartient à notre dimension, précisa le Gudruth-chat.

Anatole resta bouche bée.

— Vous lisez dans mes pensées ou quoi ?

— Quelque chose comme ça… répondit Gonzague en minaudant.

— Donc si je perds le médaillon, je ne pourrai pas rentrer chez moi ? demanda Céleste.

— Je crains que non. Prends-en le plus grand soin.

— Mais alors ! Le coup du chaton… Tout était prévu depuis le début ? demanda Anatole.

— Il fallait bien trouver un moyen de vous guider jusqu'à nous.

Anatole considéra longuement Gonzague.

— Vous pouvez toujours vous transformer aussi facilement que ça ?

— Si tu pouvais seulement imaginer tout ce que nous savons faire, mon cher ami, s'enorgueillit Gonzague.

— Lorsque vous parlez d'un « arbre cosmique » qui englobe les différents mondes, c'est une image, n'est-ce pas ? demanda Céleste.

Héliodore se renfonça dans son fauteuil et but une gorgée de thé à la sauge.

— Pas du tout, ma chère. Et il s'agit du plus bel être de la création, suffisamment sage et résistant pour supporter les joies et les peines des différents mondes. Sans lui, nous ne sommes rien…

— Mais c'est impossible qu'un arbre aussi grand existe ! s'indigna Anatole

— Parce que tu penses et tu vois comme un humain !

— Gonzague ! Ne sois pas désobligeant… dit Héliodore, au niveau des racines se situent les Entrailles, tandis qu'à la Cime se trouve le monde supérieur. Les différents autres mondes s'échelonnent entre les deux, celui des Gudruths se trouvant immédiatement en dessous du monde supérieur. Je sais que c'est difficile à accepter. Vous pensiez que l'Univers était infini. Considérez l'Arbre comme votre univers.

Anatole ouvrait des yeux grands comme des soucoupes.

— Attendez… Vous venez de dire que votre peuple était « supérieur » à celui des Humains ?

— Si tu veux… Mais nous ne voyons pas ça comme ça, dit Héliodore. Nous autres sommes bien loin de vos considérations matérielles. Les Gudruths sont les protecteurs de tout cet ensemble.

— Alors, protégez-le ! C'est votre travail ! lança Anatole.

— Malheureusement, répondit Héliodore, dans le cas qui nous intéresse, nous n'en sommes visiblement pas en mesure. Le Livre explique que nous sommes trop dans la pensée et pas assez dans l'action… C'est sans doute pour cette raison que l'Élue et les Guides doivent être humains…

— Vous avez énormément de défauts mais, d'après le Livre, vous seriez plus « débrouillards » que nous lorsqu'il s'agit d'opérer en situation d'urgence… ajouta Gonzague.

— Eh ! Dites donc, on pourrait se vexer, hein ! s'offusqua Anatole.

Le vieux Gudruth sourit :

— Ah… L'arrogance de la jeunesse… Et, comme je vous le disais, un grand bouleversement dans l'un des mondes entraînerait irrémédiablement la chute de tous les autres…

— Que serions-nous censés faire si… nous acceptions ? demanda Céleste

— Il faudrait attendre que les deux autres Guides se manifestent, puis tout se mettrait en place naturellement. En tout cas, je l'imagine…

— Je rêve ! Vous voulez dire que, en fait, vous n'en savez rien ! s'indigna Anatole.

— Nous prenons connaissance des indications du Livre. En temps voulu, il nous précisera la suite.

— Et… On pourrait le voir, ce livre ? demanda Céleste.

Gonzague prit un air scandalisé mais, avant même qu'il n'ait eu le temps de s'exprimer, Héliodore intervint :

— Eh bien, ma foi… Pourquoi pas ? Profitons-en aussi pour vous donner un aperçu de notre monde et de l'Arbre !

Chapitre 9

Les mondes

Gonzague prit la direction d'une petite porte, et les trois autres lui emboîtèrent le pas. Ils pénétrèrent dans un long couloir, dans lequel se trouvaient des flambeaux semblables à ceux qu'Anatole et Céleste avaient observés à l'aller. Après quelques centaines de mètres, ils arrivèrent devant une immense porte qui paraissait faite de bronze. Les enfants étaient essoufflés, les deux Gudruths marchaient d'un bon pas malgré leur apparence de vieillards.

Héliodore ferma les yeux et sembla se concentrer ; l'instant d'après, les deux battants de la lourde porte s'ouvrirent. Ils firent face à un décor qu'ils n'auraient même pas imaginé en rêve quelques heures plus tôt.

Ils se trouvaient bel et bien dans un arbre, ou plutôt dans un monde entièrement végétal. Tout ce qui les entourait était constitué de branches, de feuilles, de troncs.

— Soyez les bienvenus chez les Gudruths, déclara solennellement Héliodore.

— J'espère que vous mesurez votre chance, continua Gonzague, peu d'humains ont eu la chance de voir notre monde.

Il avait parlé avec humeur, visiblement pas aussi enthousiaste qu'Héliodore.

— Car il y en a eu d'autres ? s'enquit Anatole.

Céleste crut percevoir un léger trouble chez Héliodore et Gonzague.

— Oui, reprit celui-ci. Par le passé il a fallu, de rares fois, que nous fassions appel à des humains.

— Je savais bien qu'on n'était pas si nuls que ça, fanfaronna Anatole.

— Et pour quoi faire ? interrogea Céleste.

— Hum… Il y a fort longtemps, nous n'arrivions pas à gérer une crise entre les Géants et les Kalloks. Un humain nous a permis de résoudre le problème.

La voix d'Héliodore était devenue hésitante.

— Mais encore ? insista la jeune fille, sentant qu'elle touchait un point sensible.

Les deux Gudruths se regardèrent avec embarras. Gonzague finit par baisser les yeux et s'éloigna en soupirant.

— Je ne veux rien vous cacher, mes chers amis. Nous allons avoir besoin de vous, mais cette quête ne sera pas sans danger… Vous pouvez tout à fait refuser d'y prendre part mais, si c'est ce que vous décidez, il y a de grands risques pour que cela soit le début de notre fin à tous. Nous serons soumis aux créatures des Entrailles, elles-mêmes guidées par Méléna…

— Je veux savoir…

— Il y a de cela une cinquantaine d'années, Méléna a déjà tenté de se rebeller et corrompu certains Géants. Galathée réussit à rétablir l'ordre avec l'aide de plusieurs humains…

— Et…

— Eh bien… Certains d'entre eux n'ont pas pu rejoindre votre monde…

— Quoi ? cria Anatole. Et bien sûr vous n'avez pas commencé par là !

— Qui étaient ces humains ? demanda Céleste, qui pensait bien deviner la réponse du vieux Gudruth.

— Entre autres un ancien locataire de votre maison, si c'est cela qui t'intéresse…

— Sympa : vous nous envoyez au front sans même culpabiliser ! s'écria Anatole.

— S'il te plaît, laisse-le parler, dit calmement Céleste.

— Votre maison a un lien particulier avec l'Arbre, c'est une brèche entre les mondes. Si ça peut vous rassurer, à l'époque nous savions que la mission pouvait mal se terminer, le Livre nous avait prévenus. Les indications n'étaient pas claires, et nous avions sous-estimé un certain nombre de facteurs… Et surtout, ces humains n'ont pas suivi le plan initial…

— Que sont-ils devenus ? demanda Céleste.

Héliodore toussota.

— Deux ont disparu, et le troisième a pu retrouver votre monde. Mais ne pensez pas à tout ça…

— Facile à dire, railla Anatole.

Une brume épaisse tomba subitement autour d'eux, puis des éclairs zébrèrent le ciel, suivis de coups de tonnerre impressionnants.

— Le début des manifestations du chaos. Cela commence chez nous par de fortes perturbations météorologiques. Elles sont de plus en plus fréquentes, ces temps-ci… constata Héliodore.

— Et si… nous refusons… Que se passe-t-il pour nous ? interrogea la jeune fille.

— Après avoir fait votre choix définitif, vous retournerez à votre existence et nous prendrons soin d'effacer tout cela de votre mémoire. Il pourra subsister quelques bribes, comme un lointain rêve…

— Un classique dans les films de science-fiction, dit Anatole.

— Mais tu nages en plein dedans, mon cher, lui répondit Gonzague en les rejoignant.

— Bon… Je veux voir votre Livre… dit Céleste en se remettant en marche.

Héliodore la regarda dans les yeux, scruta un instant son visage avec intensité et acquiesça :

— Allons-y, ma chère…

Ils marchèrent sur un chemin de terre bordé de maisons aux formes diverses et variées, toutes constituées de matières végétales. Ils se trouvaient en fait sur une branche surdimensionnée. Au-dessus et au-dessous d'eux, ils distinguèrent d'autres branches, aussi larges que des autoroutes.

— Zut, mais c'est vrai… Un arbre immense… souffla Anatole. Non ! Un arbre gigantesque !!! C'est ha-llu-ci-nant !!!

Des Gudruths entraient et sortaient de leurs habitations ; toute une société en action.

— Nous nous trouvons dans un hameau, la majorité des Gudruths habitent à Pérythènes.

Gonzague les conduisit jusqu'à une petite clairière et s'éloigna quelques instants pour s'entretenir avec un Gudruth qui indiqua du doigt un endroit. Les enfants perçurent soudain un bourdonnement, et Héliodore leur fit signe de s'écarter un peu : deux énormes scarabées se posèrent près d'eux, harnachés et munis de selles. Complètement abasourdis par cette étrange vision, Céleste et Anatole suivirent le vieillard sans demander plus d'explications et grimpèrent sur le dos des insectes lorsqu'il le leur demanda. Céleste se plaça derrière Héliodore sur un scarabée marron foncé, tandis qu'Anatole accompagna Gonzague sur un autre un peu plus petit que le premier. Le jeune garçon éclata de rire :

— Si les parents voyaient ça ! Déjà que nous laisser seuls à la maison une petite journée les inquiétait !

Ils décollèrent et, très rapidement, le sol s'éloigna sous leurs pieds. Les habitations devinrent minuscules, et ils contemplèrent subjugués le paysage qui s'offrait à leurs yeux. Les scarabées, conduits avec beaucoup d'habileté par les Gudruths, évitaient avec agilité les différents branchages. D'un signe de tête, Héliodore s'adressa à Gonzague, qui opina du chef et bifurqua de façon à s'éloigner des branches en direction de la périphérie.

Céleste comprit aussitôt : ils voulaient les impressionner et leur donner un aperçu de l'Arbre cosmique.

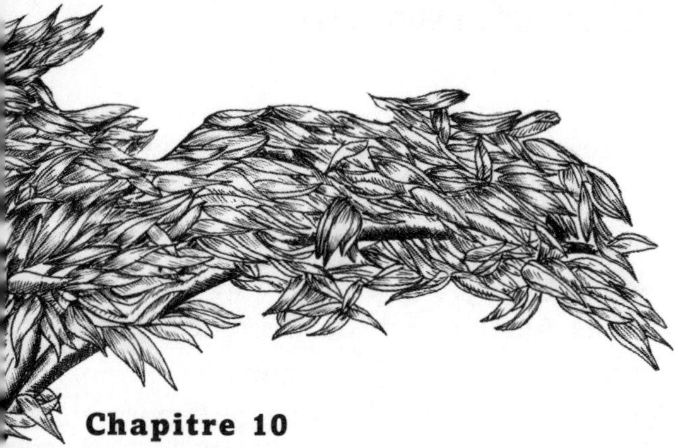

Chapitre 10

L'Arbre

Sentir dans ses cheveux le vent chaud d'un monde inconnu… Découvrir des paysages que jamais elle n'aurait osé imaginer… Céleste se sentait grisée par le sentiment de liberté que lui procurait le vol. Elle n'était pas dupe pour autant : Héliodore savait exactement ce qu'il faisait, et ce n'était pas innocemment qu'il avait accepté de les emmener voir le Livre. D'un bref coup d'œil, elle constata que son frère agrippé à Gonzague en profitait pleinement lui aussi. Il poussait des cris de joie à chaque changement de direction.

Ils se posèrent au « bout du monde », sur l'extrémité d'une grosse branche.

Héliodore tendit une main à Céleste pour l'aider à descendre du scarabée, tandis qu'Anatole sautait au sol tout près d'elle.

— Génial ! Waouuuh ! Sensationnel ! J'adore ces bestioles ! dit-il en sautillant et en tapotant la carapace du scarabée.

Celui-ci émit un grognement assez surprenant qui fit sursauter Anatole. Gonzague flatta le scarabée pour le rassurer. L'insecte rejoignit d'un pas lourd un de ses congénères.

— Il faut les traiter avec déférence : ce sont des êtres extrêmement fiers. Ils n'acceptent de nous servir de monture que si nous les respectons. Anatole, évite de les prendre pour de vulgaires scooters des airs, précisa Gonzague.

Héliodore s'était avancé jusqu'à l'extrémité de l'énorme branche, il s'assit en tailleur et ferma les yeux. Gonzague s'approcha de lui et l'imita. Les deux Gudruths restèrent un long moment silencieux ; ils donnaient l'impression d'être en pleine méditation. Après un moment d'hésitation, les enfants s'installèrent près d'eux sans bruit, comprenant qu'il aurait été malvenu de les interrompre.

Céleste en profita pour admirer l'incroyable panorama : pour un point de vue, c'était un point de vue. La tête dans les nuages, elle percevait des rayons du soleil. Tout semblait bien plus lumineux, bien plus pur que dans le monde des Humains. Cependant, quelque chose clochait. Où qu'elle regarde, impossible d'apercevoir le soleil. Héliodore, qui avait cessé de méditer, se tourna vers elle :

— Plus nous nous élevons dans l'Arbre et plus nous nous rapprochons de la pureté. C'est pour cela que le monde supérieur est installé à sa cime. Il y a quelque temps encore, il y avait si peu de nuages… Pourtant les résidus des guerres et les conflits dans les différents mondes obscurcissent l'atmosphère. Depuis le vol du sceptre, c'est tout un voile nuageux qui s'est installé.

— Méléna maîtrise le sceptre ? demanda Anatole.

— Non, continua Héliodore. Le sceptre est censé fonctionner uniquement au contact de Galathée. Un peu comme le médaillon avec toi, Céleste. Néanmoins, nous ne sommes plus sûrs de rien… Méléna n'aurait jamais dû parvenir à s'échapper des Entrailles, ni même à pénétrer dans le monde supérieur… Il semblerait que ses pouvoirs se soient considérablement accrus au fil des années. Elle tente de défier le cours des choses, et j'ai bien peur qu'elle en ait les capacités magiques.

— D'après le Livre, poursuivit Gonzague, le sceptre n'a pas encore révélé toute sa puissance. Il se pourrait qu'il permette de développer des forces obscures si la personne qui canalise sa force a ce genre d'intentions… Le Livre assure qu'il reste peu de temps pour préparer une riposte : il faut agir le plus vite possible.

— Mais votre Livre… Il est fiable ? s'enquit Anatole.

Héliodore regarda longuement Céleste, puis son frère :

— Le Livre est apparu en même temps que l'Arbre il y a de cela des millions d'années… Il relate tout ce qui s'est passé depuis sa création. Il évoque également ce qui va se produire dans un futur proche sans pouvoir pour autant anticiper sur de longues périodes. Il nous guide en écrivant notre histoire au fur et à mesure.

Le Gudruth marqua une pause et hocha gravement la tête :

— On ne peut savoir précisément ce qui va se passer. Ce qui est certain, c'est que la Prophétie qu'il évoque vous concerne. Elle nous concerne tous, évidemment, mais ne prête pas à confusion si c'est ce que tu veux savoir. Céleste est bien l'Élue, je suis formel, et toi, Anatole, tu es l'un des quatre Guides.

Héliodore se leva pour scruter l'espace et le vide tout proche d'eux.

— J'aurais aimé vous en montrer un peu plus, mais il est

impossible de s'éloigner davantage de l'Arbre en scarabée. Pour cela, il nous faudrait des Voltigeurs.

— Des « Voltigeurs » ? répéta Anatole.

Héliodore s'éloigna nonchalamment et se dirigea vers les scarabées :

— Oh… Il me semble que vous autres les appelez « dragons ».

Anatole resta la bouche grande ouverte un instant.

— T'entends ça, Céleste ?

— Oh oui, soupira-t-elle… J'entends parfaitement tout ça…

Elle se leva et rattrapa Héliodore.

— Attendez. Vous pensez réellement qu'il est possible de… réussir cette quête ?

Il s'arrêta de marcher et la considéra, l'air soudain plus préoccupé.

— Je ne sais absolument pas s'il est possible de réussir à contrer les plans de Méléna, mais une chose est certaine : si vous ne tentez pas, si vous n'acceptez pas… Personne ne pourra y parvenir.

Il essaya de sourire, puis baissa les yeux.

— Et maintenant, il est temps que vous rencontriez le Livre.

Chapitre 11

Pérythènes

Ils grimpèrent à nouveau sur les scarabées.

Le trajet fut cette fois mouvementé et long, le vent s'étant subitement levé, et Céleste dut s'agripper fermement à la taille d'Héliodore afin de ne pas glisser. Après avoir survolé une zone peu construite où les branches étaient simplement recouvertes d'écorce vierge, ils s'approchèrent de ce qui ressemblait à une ville.

À mesure qu'ils progressaient, Céleste réalisa que ce qu'elle avait pris quelques instants plus tôt pour des amas de feuilles et des entrelacs de branchages étaient des habitations, sortes de buildings végétaux. Ils atterrirent enfin au sommet d'un dôme. Sans discontinuer, des scarabées en décollaient et en atterrissaient. Un ballet d'insectes géants sur un héliport vert.

Héliodore et Gonzague descendirent des scarabées les premiers, suivis d'Anatole qui marcha dans une bouse d'insecte.

— Pouah !!!

— Tu as de la chance : elle est bien fraîche, ça porte bonheur, cria Gonzague pour couvrir le bruit.

— C'est immonde !

— Lorsqu'elles sont sèches, ces boulettes sont d'excellents combustibles. Bon, j'avoue qu'il ne faut pas avoir un odorat trop sensible… reprit Gonzague.

Céleste sauta au sol à son tour en riant. Tous quatre s'éloignèrent de la piste d'atterrissage. Au fur et à mesure, le bourdonnement assourdissant des dizaines de scarabées s'estompa, rendant la conversation à nouveau possible.

— Nous voici à Pérythènes, la ville reine. Notre capitale, si vous préférez. C'est ici que se déroulent les séances du Conseil et, bien entendu, toute l'activité économique des Gudruths, déclara Héliodore en embrassant du regard la vue qui s'offrait à eux.

— C'est incroyable, de loin on ne devinerait pas que c'est une ville. Un peu comme un camouflage, s'étonna Anatole en frottant sa chaussure contre le sol.

— Même si nous sommes un peuple issu du végétal et que nous sommes extrêmement attachés à nos origines, vous vous rendrez vite compte que nous adorons les nouvelles technologies et que nous ne cessons d'innover, expliqua Gonzague.

Ils gagnèrent ce qui semblait être un ascenseur de fortune, fait de planches, d'une corde et d'une simple poulie. Perplexe, Anatole suivit les Gudruths tout en murmurant à sa sœur :

— Technologique, ça ? Plutôt rudimentaire…

Céleste n'eut pas le temps de répondre qu'ils étaient descendus du sommet du dôme jusqu'au sol à une vitesse folle !

— Je te sens sceptique, Anatole. Tu te rendras compte

par toi-même que nous avons su mêler technologie et patrimoine… certifia Gonzague.

Abasourdi par la descente vertigineuse, Anatole, pantelant, se retourna vers l'ascenseur qu'il avait visiblement sous-estimé. Il aperçut des filins très fins, presque invisibles, qui encadraient le carré de planches. On aurait dit des fils de toile d'araignée.

— Fils d'arachnides : haute technologie !

Anatole fit la moue :

— A… rachnide comme… A… raignées ?

— Exactement, dit Gonzague en tirant sur l'un des fils qui vibra un court instant. Des Micrommata de belle taille nous vendent leur production.

Ils arrivèrent l'instant d'après dans une rue, et Céleste stoppa net. L'artère était noire de monde, des centaines de créatures vaquaient à leurs occupations. Il y avait là beaucoup de Gudruths, évidemment, mais également bon nombre de fourmis, des coccinelles, une grosse chenille et tout un tas d'autres insectes de taille beaucoup plus importante que ceux qu'elle avait l'habitude de voir dans son jardin.

— J'avais oublié de vous prévenir, rit Héliodore, nous ne sommes pas les seuls à vivre ici. Nous cohabitons avec un certain nombre d'espèces, notamment celles qui peuplent les arbres ou les herbes. Des formes moins évoluées vivent dans votre monde, mais ici c'est très différent : chacun a sa place et sa fonction.

— Mais… balbutia Anatole.

— Les fourmis sont redoutables en affaires par exemple, et elles gèrent une bonne partie du monde financier. Les scarabées, comme vous avez pu le constater, sont à la tête du ministère des Transports.

Anatole ne savait plus où donner de la tête.

— Dingue ! Et les coccinelles ?

— Tu dois te dire qu'elles ont un rapport avec la météo, plaisanta Gonzague. Il me semble que, selon certaines croyances de votre monde, elles ne s'envolent pas s'il risque de pleuvoir ! Plus sérieusement, chez nous, elles gèrent les relations interespèces et sont très douées pour ce qui est de la diplomatie. Mais ne perdons pas trop de temps, voulez-vous, tâchons de nous hâter vers la Grande Bibliothèque.

Ils pressèrent le pas, évitant un groupe de fourmis en train de tempêter contre une énorme limace qui bloquait un carrefour.

— Baaah ! dit Anatole, écœuré. C'est encore plus dégoûtant en grand modèle !

— Une fois n'est pas coutume, je suis tout à fait d'accord avec toi, surtout depuis que j'arpente votre jardin à quatre pattes, répondit Gonzague en riant. Mais il faut reconnaître que les limaces permettent de transporter des tas de choses, c'est assez pratique. De plus, elles ont bon caractère.

Soudain, en haut de quelques marches, les vantaux d'une immense porte s'ouvrirent et ils furent pris dans une marée de Gudruths. Céleste les trouva légèrement différents de ceux qu'elle avait déjà vus. Ils mesuraient à peu près la même taille, avaient le même teint gris, cependant quelque chose dans leur attitude l'intriguait. Ils portaient tous la même tenue et un gros classeur calé sous le bras. Ils se dispersèrent dans un joyeux chahut.

— Ce sont les élèves de l'ESG. L'École supérieure des Gudruths, expliqua Héliodore.

— Des… enfants ?

— Tout à fait, des jeunes, pour être plus précis.

— Mais… Ils font carrément vieux ! s'exclama Anatole.

Gonzague secoua la tête en signe de désapprobation.

— Rien à voir avec votre approche de l'enfance, expliqua Héliodore. Les Gudruths sont issus de l'Arbre lui-même. Notre développement a lieu dans des œufs, qui éclosent après une longue maturation.

— Il faut que le sujet soit suffisamment empreint de sagesse pour en sortir, ajouta Gonzague.

— Ce qui fait qu'en moyenne un jeune Gudruth entre en contact avec l'extérieur vers cent cinquante ans.

— Cent cinquante ans ?! s'exclama Anatole.

— C'est pour cette raison qu'ils n'ont rien d'enfantin en apparence, murmura Céleste.

— Parfaitement. Cependant, il leur faut une longue scolarité afin d'acquérir la maturité suffisante pour prendre part à la société des adultes.

Effectivement, les jeunes plaisantaient entre eux, chahutaient, même ; voilà ce qui avait mis la puce à l'oreille de la jeune fille. Elle scruta la cour de l'établissement par les portes restées ouvertes.

— Ils suivent des cours ici ?

— Oui, au minimum durant trente ans. Bien sûr, certains cumulent les formations et font des cursus longs…

Céleste se demandait quel âge pouvait bien avoir le vieil Héliodore. Gonzague paraissait bien plus jeune et leur avait pourtant avoué avoir déjà plus de six cents ans.

— Ne tardons pas, le Livre a sûrement senti que nous allions lui rendre visite, annonça Héliodore.

— Lui rendre visite ? Vous parlez de lui comme s'il s'agissait d'une personne, dit Anatole.

— Pas dans le sens où tu l'entends, mais c'est une…

entité que nous vénérons. Avec la reine Galathée, c'est l'un des piliers de l'Arbre, et nous ne pouvons nous permettre de le faire attendre.

La foule s'éparpilla et le calme revint. Céleste commençait à avoir mal à la tête. Elle avait dû digérer tant d'informations qu'elle ne savait plus quoi penser de la situation. Elle décida d'arrêter de réfléchir et suivit les Gudruths dans les sinueuses ruelles de Pérythènes.

Dans une petite rue, une majestueuse libellule se posa devant eux et pénétra dans ce qui ressemblait à une banque. Un peu plus loin, Céleste aperçut un marché coloré, des éclats de voix joyeux brisaient par moments le calme ambiant. À plusieurs reprises, la jeune fille eut la sensation d'être épiée, mais ne remarqua rien de particulier.

Quelques instants plus tard, le petit groupe arriva sur une immense place toute recouverte de neige immaculée. Un bâtiment cubique extrêmement haut et imposant se dressait là. Héliodore marcha le premier sur la neige, laissant les enfants incrédules. Eux aussi foulèrent le sol : leurs traces de pas disparaissaient à mesure qu'ils levaient les pieds, la neige se régénérant aussitôt. Ils avancèrent jusqu'à une volée d'escaliers, elle aussi recouverte de neige. Anatole compta cent marches en soufflant bruyamment.

Sur le perron, Céleste se sentit toute petite. Les portes de bois sombre étaient terriblement imposantes.

— À partir de maintenant, je vous demanderais de ne parler que si le Livre vous y invite, précisa Héliodore.

Les enfants, impressionnés, acquiescèrent. Héliodore leur sourit, puis ferma les yeux. Il ouvrit grands les bras en s'agenouillant. Dans un grondement impressionnant, les battants des portes s'ébranlèrent et, lentement, ils découvrirent l'entrée de l'édifice. Jamais ils n'auraient imaginé pareil spectacle. Tout l'intérieur du bâtiment était fait de livres, de feuilles et de stylos. Une bibliothèque sortie de l'imagination d'un savant fou et passionné. Pour Céleste, qui passait ses soirées à dévorer des livres et des bandes dessinées, cet endroit avait un goût d'antichambre du paradis.

— Fascinant…

Héliodore et Gonzague avaient l'air intimidés et ne perdaient pas une miette du spectacle.

— Vous ne venez pas très souvent, n'est-ce pas ? demanda Céleste.

Le vieux Gudruth baissa la tête.

— Évite de parler… Mais, effectivement, nous ne sommes autorisés à consulter le Livre qu'en cas d'absolue nécessité.

À son air triste, Céleste comprit toute la gravité de la situation. Pourtant, il lui était difficile d'admettre leur implication dans toute cette histoire…

— Du pur délire, murmura Anatole en détaillant une lanterne faite de plumes d'oie et d'encriers.

Soucieuse de respecter les consignes d'Héliodore, Céleste se promit de ne poser qu'ensuite la tonne de questions qui lui brûlait les lèvres. Elle s'efforça de graver dans sa mémoire tous les détails surprenants. Ici, un lustre d'une dizaine de mètres de diamètre était constitué de stylos. Là, des fauteuils et des chaises composés de centaines de romans.

Anatole ouvrait de grands yeux et ne cessait de tourner la tête de droite à gauche et de gauche à droite. Ils continuèrent de progresser dans le couloir principal un moment. Les murs étaient tapissés de bibliothèques et de petits yeux situés sur la tranche des ouvrages les observaient, clignant de temps à autre.

Ils arrivèrent enfin devant une porte vitrée aux dimensions incroyables. Céleste eut beau regarder de tous côtés, elle ne vit ni joints, ni gonds, ni poignées. Aucun système d'ouverture. La pièce qui se trouvait juste derrière était très différente du reste. Extrêmement spacieuse, elle était dénuée de toute décoration.

Seul, au centre, trônait un pupitre. Un petit livre à la couverture brune reposait sur le lutrin.

— Le livre le plus quelconque du monde, pensa Céleste tandis qu'Anatole levait un sourcil.

Héliodore fixa l'objet un petit moment à travers le verre, puis se tourna vers eux. Il tapota l'épaule d'Anatole et posa une main sur le bras de Céleste. Dans ses yeux gris, les enfants pouvaient lire tout l'espoir qu'il plaçait dans cette rencontre. Céleste y décela une autre lueur plus ténue, celle d'une profonde fatigue teintée de tristesse ; le vieux Gudruth avait apparemment déjà beaucoup donné à son peuple et à l'Arbre cosmique.

Il leur fit signe de se pencher en avant, comme pour faire une révérence. Gonzague s'inclina de même et, tandis qu'ils fixaient leurs pieds, la paroi se volatilisa littéralement.

— Complètement dingue ! cria Anatole.

Céleste plaça vivement son index sur ses lèvres pour rappeler à son frère d'observer le silence, mais fut surprise de voir un sourire passer sur le visage d'Héliodore. Celui-ci avança avec précaution jusqu'à l'unique objet de la pièce, tandis que son compagnon se plaçait à ses côtés.

Impatiente de voir ce qui allait se produire, Céleste jeta

un coup d'œil à Gonzague. D'habitude si fanfaron, il n'en menait pas large. Se pouvait-il qu'il s'agisse de sa première visite au Livre ? Anatole se retourna et fit remarquer à sa sœur d'un signe de la tête que l'épaisse porte vitrée était réapparue sans bruit, comme par magie.

— Bonjour, très cher Livre… J'espère que vous vous portez bien, dit Héliodore. Céleste reporta son attention au centre de la pièce. Durant quelques secondes il ne se passa absolument rien, puis la couverture de cuir tremblota doucement et, l'instant d'après, les pages se mirent à tourner à une vitesse folle. Subitement, le manège de feuilles s'arrêta et le Livre s'ouvrit à peu près en son milieu.

Sur une page vierge, quelques mots se tracèrent, qu'Héliodore déchiffra :

« Ma foi, pas trop mal. Enfin, sans compter mes soucis d'articulations. »

Céleste se retint de rire. Elle ne savait absolument pas à quoi ou à qui elle avait affaire mais, visiblement, et quelle que soit cette chose, elle avait de l'humour…

— Je suis désolé de vous importuner, cher Livre, mais nous vous amenons ces deux jeunes personnes qui…

Il n'eut pas le temps de terminer sa phrase que les premières lignes s'effacèrent, remplacées tout aussitôt par de nouvelles.

« L'Élue et l'un des Guides. »

— Exactement. Ils avaient besoin d'un peu… de concret.

« C'est tout naturel. »

Céleste n'en revenait pas. Elle observa son frère machinalement. Anatole, tétanisé, se tenait en retrait. Elle eut soudain peur pour lui. Il était encore très impressionnable, et elle se devait de veiller sur lui… Comment n'avait-elle pas encore décidé de le ramener à la maison ? Subitement, et sans qu'elle comprenne vraiment pourquoi à cet instant plutôt qu'à un autre, elle sentit une sourde colère monter en elle.

On les faisait marcher, et même pire : on essayait de les manipuler. Ils étaient pris au piège dans cet endroit délirant. La tête lui tourna, un vent de panique s'empara d'elle. Il fallait qu'elle emmène Anatole loin d'ici, de cette pièce immense et nue, et de ces Gudruths sans âge, gris et stressants. Elle saisit la main d'Anatole et l'entraîna à sa suite vers la sortie sans penser que la paroi de verre s'était rematérialisée. Le choc fut terrible, elle se cogna avec violence et s'ouvrit l'arcade sourcilière.

— Céleste ! cria Anatole.

Anatole s'agenouilla auprès de sa sœur inconsciente et se mit à la secouer comme un prunier. Du sang coulait le long de sa tempe et gouttait sur le marbre du sol de la Grande Salle.

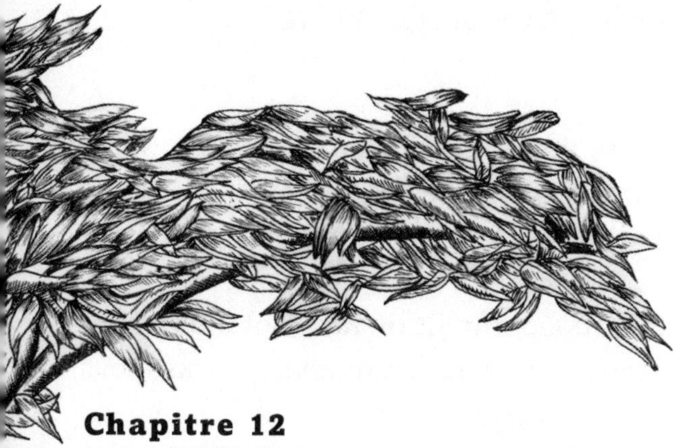

Chapitre 12

Le Livre

— Anatole ?

Étourdie, Céleste regarda autour d'elle puis pivota en cherchant son frère.

— Anatole ?

Mais où diable était-il passé ?

— Héliodore ?

Aucune trace de Gonzague non plus. Elle était toujours dans la salle du Livre, mais elle se trouvait tout à fait seule.

— Approche.

Céleste n'osa pas bouger. La voix semblait provenir de partout et nulle part à la fois. Et elle était seule. Seule. Seule avec ce fichu Livre qui semblait faire perdre la tête à tout le monde.

— Anatole ? redemanda Céleste.

Cette fois-ci, sa voix n'était plus qu'un murmure. Elle commença à paniquer, et les images et les sensations qui avaient précédé le choc contre la porte vitrée lui revinrent en mémoire. L'urgence de la situation, la sensation de ne pas être en sécurité avant de se retrouver définitivement coincée dans cet endroit.

— Approche, reprit doucement la voix.

— Laissez-moi tranquille ! paniqua Céleste.

Elle regarda dans toutes les directions sans apercevoir qui que ce soit.

— Et puis, laissez-moi partir. Et rendez-moi mon frère !

— J'en étais presque sûr, mais maintenant j'en suis tout à fait certain, Céleste. Tu es bien l'Élue.

La voix paraissait maintenant joyeuse, presque rieuse. Céleste perçut les larmes se presser derrière ses paupières ; c'en était trop. Elle ferma les yeux, voulant rejeter loin d'elle tout ce qui l'entourait. Soudain, elle sentit quelque chose la soulever et, lorsqu'elle rouvrit les yeux, elle flottait au-dessus du sol, à plusieurs mètres de hauteur.

— Aaaaaah !

— Ne crie pas, dit la voix. Viens, je t'emmène. Ça ne sera pas long, et je te dois bien ça.

La main invisible qui la promenait dans les airs la plaça juste au-dessus du Livre, une fois encore les pages tournèrent à une vitesse folle pour s'arrêter à une page noircie de mots. Les lignes s'effacèrent alors pour laisser place à neuf lettres : « C'est parti ! »

Elle se sentit lâchée dans le vide et, instinctivement, ferma les yeux. Le vent s'engouffra dans ses cheveux et ses vêtements durant les longues secondes qui suivirent.

Céleste ouvrit les yeux, et constata qu'elle chutait dans le vide. Elle se mit à hurler.

— Au secours !

— Ma très chère amie, ici-bas, enfin peut-être devrais-je dire plutôt « ici haut », tu apprendras qu'il t'appartient de maîtriser ta vitesse lorsque tu planes.

Malgré la chute, Céleste se concentra et chercha d'où

venait la voix. Une main pressa la sienne avec sollicitude, elle regarda ses doigts prendre une position improbable : elle tenait une main invisible.

— Calme-toi, nous allons atterrir, dit la voix.

Céleste respira profondément en se répétant une dizaine de fois que tout ceci n'était qu'un mauvais rêve, comme un mantra.

— Mais tout ceci n'est pas un mauvais rêve, répondit la voix en écho à ses pensées.

— Mais qui êtes-vous ? demanda Céleste.

Oubliant ses bonnes résolutions de maîtrise de soi, Céleste reprit de la vitesse. Elle passa une couche de nuages et constata que le sol approchait à grande vitesse. Des branches jaillirent de partout : elle allait atterrir dans une sorte de jungle.

— Respire !

Elle s'exécuta en plaquant ses mains sur ses yeux, lâchant la main invisible. Quelque chose l'enveloppa et la déposa sur le sol avec douceur.

— Je suis désolé, Céleste, je pensais que tu l'avais saisi. Je suis le Livre, et je tenais à te faire voyager dans les pages des mémoires de l'Arbre avant que tu prennes une quelconque décision.

Céleste fit quelques pas et constata qu'elle lévitait, juste au-dessus du sol. Elle s'assura que ses bras et ses jambes étaient encore en état de fonctionner, puis scruta le ciel.

— Je suis tombée… dans le Livre ?

— Eh oui ! C'est d'ailleurs une grande première, je n'ai jamais permis à quiconque de venir me scruter de l'intérieur. Pour tout te dire, j'avais peur que ça me grattouille.

— Mais… Comment se fait-il que je vous entende alors que je ne vous vois pas ?

— C'est normal, je ne suis fait que de feuilles et d'encre. Ce que tu perçois ici, c'est l'Histoire. Ma mémoire, notre mémoire collective à tous, pour être plus précis.

Céleste en eut le souffle coupé : elle était passée d'une salle froide et vide à une forêt tropicale à la moiteur palpable en l'espace de quelques secondes.

— D'ailleurs, si tu ne peux pas fouler le sol, c'est que tout cela n'est qu'image. Tu ne pourrais pas non plus cueillir l'une de ces bananes. Ces représentations ne sont que des souvenirs, et on ne peut toucher les souvenirs, c'est ainsi.

Céleste leva la tête et aperçut un gros régime de bananes qui pendait à quelques mètres d'elle.

— Je ne demande qu'à vous croire… euh… Livre… Je dois vous appeler « Livre » ?

Le Livre se mit à rire.

— J'avoue qu'on m'appelle ainsi depuis la nuit des temps ! Mais, à dire vrai, je passe peu de temps à discuter. En temps normal, on me lit !

Des cris de singes se firent entendre au loin, à moins qu'il ne s'agisse de piaillements d'oiseaux tropicaux.

— Pourquoi ici ? interrogea Céleste.

Elle sentit une pression sur son épaule.

— Car c'est ici que tout commence, Céleste. Prête ? lança le Livre.

La jeune fille n'eut pas le temps de donner son accord. Elle s'éleva à nouveau dans les airs en tourbillonnant, fila à une vitesse dingue au-dessus de la canopée sous les regards éberlués de toucans aux mille couleurs et autres aras phosphorescents.

— Je veux te montrer la Cime.

— Là où se trouve le monde supérieur, c'est ça ?

— Oui, mais bien avant qu'il n'y ait eu âme qui vive.

Ils prirent alors de la distance, et la canopée s'éloigna. Tout se brouilla autour de Céleste, qui réalisa qu'elle planait à nouveau. Moins effrayée que lors de sa première expérience, et rassurée par l'étreinte, elle essaya de distinguer le plus d'éléments possible, mais la vitesse était telle qu'il n'y avait que des lignes de défilement, tantôt horizontales et tantôt verticales, qui dansaient devant ses yeux.

— On voyage dans le temps, en fait ?

— En quelque sorte, dis-toi que c'est un peu comme si tu plongeais dans un album photo.

— Si Anatole pouvait voir ça…

Céleste ressentit un nouveau vent de panique la traverser : que faisait Anatole, pendant ce temps ?

— Ne t'inquiète pas pour ton frère, il doit boire un thé à la sauge avec Héliodore et Gonzague, à l'heure qu'il est.

Céleste retint un éclat de rire.

— Ça, ça m'étonnerait !

La voix parut soupirer, ce qui étonna la jeune fille.

— Je donnerais quelques pages pour en boire ne serait-ce qu'une tasse… Sais-tu que c'est extrêmement frustrant de ne rien sentir physiquement, sans parler de toutes les tensions de ces derniers temps ?

— Et…

— Oui ?

— Vous avez toujours existé ?

— Je t'emmène justement à la première page. Prends une grande inspiration !

Céleste n'eut pas le temps d'obtempérer. L'instant

d'après, elle eut l'impression que tout son être était de part et d'autre traversé par un énorme courant d'air. Un vacarme assourdissant emplit l'espace, et le Livre dut crier pour se faire entendre :

— Il est très désagréable de planer plusieurs fois de suite. Mais ne t'inquiète pas : les effets passent assez vite. Ce sera la même chose lorsque tu apprendras à célériser.

Le bruit ne cessa pas, mais Céleste sentit soudain que son corps ne se déplaçait plus. Elle ouvrit les yeux et tenta de reprendre son souffle. Il lui semblait qu'elle avait couru des kilomètres, ses jambes fourmillaient et des gouttes de sueur longeaient ses tempes.

— Je suis épuisée…

Céleste regarda autour d'elle. Elle se trouvait maintenant dans un champ immense. De quelque côté qu'elle regarde, elle voyait des herbes hautes à perte de vue. Des éclairs zébraient régulièrement le ciel menaçant, d'un gris très sombre. Chacun d'entre eux était suivi par un son déchirant.

— On dirait un orage de chaleur, observa Céleste.

Elle observa ses pieds, toujours à quelques centimètres du sol, tendit les mains pour attraper la fleur d'une herbe haute qui se balançait au gré du vent chaud, mais la traversa comme s'il s'agissait d'un hologramme.

— Curieux, non ? commenta le Livre.

— Oui… Très bizarre. Pourquoi m'avez-vous emmenée ici ?

— Je voulais que tu te rendes compte par toi-même. Que tu aies toutes les cartes en main avant de faire ton choix.

Un coup de tonnerre plus fort que les autres gronda, faisant sursauter Céleste.

— Maintenant, je vais accélérer les souvenirs, concentre-toi bien : c'est plutôt saisissant.

Sans savoir de quoi le Livre voulait parler, Céleste chercha si un endroit en particulier dans cette étendue verte méritait son attention. Il était vraiment étrange de parler avec quelqu'un de dématérialisé.

Soudain, les éclairs se succédèrent de plus en plus vite, le vent parut faire danser les herbes hautes et les fleurs sauvages à toute vitesse, et quelque chose sur la droite attira enfin son regard. Un petit arbre se détacha soudain du reste de la végétation. Au début, frêle tronc, il s'épaissit en une fraction de seconde, puis des branches lui poussèrent et le tronc gagna encore en volume. Comme sur un film en vitesse accélérée au maximum, il se développa.

— L'Arbre… murmura Céleste.

Pour toute réponse, le Livre pressa sa main.

Tout s'enchaîna, l'Arbre continua de pousser, pousser et pousser encore, pour finir par donner l'impression de percer le ciel. Il sembla dissiper peu à peu les nuages gris. Céleste ne distinguait pas de soleil, mais la luminosité était maintenant incroyable, presque insoutenable.

— Mais…

Une incroyable détonation se fit entendre, et des milliards de particules tourbillonnèrent alors, se percutant dans des gerbes folles d'étincelles. Céleste se couvrit les yeux.

— N'aie pas peur, la rassura le Livre.. Rappelle-toi : c'est comme si nous assistions à un film.

— Sacrés effets spéciaux…

Le sol fut secoué de tremblements, il se tramait également quelque chose en dessous de la surface du champ. Le tronc ne cessait de grandir et de s'élargir encore. Le Livre et Céleste se remirent en mouvement. Plus l'Arbre se développait, plus ils prenaient de la distance.

— Je prends un autre angle pour que tu aies une vue d'ensemble. Maintenant, il faut nous dépêcher, je sens que je commence à fatiguer et il nous reste à visiter les différents mondes.

Ils planèrent à nouveau et Céleste se rendit compte qu'elle fatiguait de plus en plus, elle aussi. Son souffle se faisait court, elle haletait presque, et tout se remit à tourner autour d'elle. Ils s'éloignèrent définitivement du sol et filèrent à toute vitesse en direction de la Cime ; une lumière impensable en irradiait.

— Aussi lumineux que le soleil, murmura Céleste.

Des oiseaux par milliers, des feuilles brillantes et une végétation luxuriante et dense. Chaque élément végétal paraissait produire des filaments de lumière. Mais Céleste ne put contempler plus longtemps le spectacle hallucinant. Soudain, une chose encore plus scintillante que les autres s'éleva, vola en éclats qui semblèrent se volatiliser aussitôt.

— Tu ne pénétreras jamais dans le monde supérieur, mais il me semblait important que tu comprennes le fonctionnement et la création de l'Arbre.

Sans plus attendre, ils planèrent encore et, après avoir traversé un long tunnel sombre, se mirent à léviter au-dessus d'une étendue d'eau qui paraissait infinie.

— Le monde des Mers ! hurla la voix pour se faire entendre par-dessus le bruit des cascades.

À peine Céleste eut-elle le temps d'entrapercevoir un cachalot d'un jaune vif et des chutes d'eau phénoménales tombant de nulle part que l'obscurité se fit à nouveau autour d'eux.

— Je suis désolé, je dois faire vite, reprit le Livre en haletant.

Quelques minutes plus tard, Céleste dominait une étendue de lave menaçante.

— Des images, Céleste, rien que des images ! Ne panique pas ! Enfin, pour l'instant…

La jeune fille déglutit en entendant ces mots. Il lui était absolument impensable d'envisager pénétrer un jour ou l'autre dans cet endroit. À nouveau le noir, puis une lumière aveuglante, celle de la glace qui reflète la moindre source lumineuse. Au loin, sur un coin de banquise, des ours blancs dressés sur leurs pattes arrière semblaient prêts à se battre. Plus loin, un groupe d'hommes assez semblables à d'immenses Vikings paraissait mener une procession ; ils étaient si blonds qu'elle en eut mal aux yeux.

Céleste frotta ses paupières endolories. Elle avait mal à la tête, et son ventre se tordait de douleur. Semblant la comprendre et ressentir tout autant qu'elle la fatigue, le Livre chercha à la rassurer.

— J'en ai presque terminé.

Encore cette obscurité, puis une étendue de sable et de pierres à perte de vue. Céleste chercha à se remémorer les explications d'Héliodore. La Cime, tout en haut. Puis, dans le tronc, juste en dessous, le monde des Gudruths. Ensuite celui des Mers, du Feu, des Glaces, des Humains, et, pour finir, celui des Géants et des Kalloks.

Une créature immense entra dans son champ de vision. Elle avait une tête toute ronde et énorme, de curieux poils dressés semblaient lui tenir lieu de cheveux, mais ce furent ses mains qui surprirent le plus Céleste. Celle de droite avait quatre gros doigts tandis que celle de gauche n'existait pas vraiment. Un moignon pareil à une massue en faisait office.

— Un Géant…

— Ah non ! s'amusa le Livre. Retourne-toi…

Céleste obtempéra et paniqua aussitôt. Une seconde chose, au moins dix fois plus grande que la première, grise et velue, approchait à grands pas, faisant trembler le sol sous ses pieds.

— Nous devons y aller, mais sache que ça se finit toujours mal entre ceux-là…

Le noir, le vent, des vertiges, un malaise encore plus grand, et puis… La « planète bleue ». Loin, tout d'abord, et de plus en plus près… Comme dans les reportages sur l'espace que Céleste avait si souvent regardé.

— Incroyable…

Elle distingua les mers, les cinq continents et même la Voie lactée. Le Système solaire lui-même faisait partie de l'Arbre.

— Ça n'a pas de sens… Je veux dire, comment les scientifiques ne s'en sont pas rendu compte ?

La question de Céleste resta sans réponse, et ils survolèrent par flashs les grands monuments de la Terre : la Grande Muraille de Chine, la statue de Liberté, la baie de Sydney, la tour Eiffel, la tour de Londres, les pyramides… Tout cela paraissait si réel… Pour finir, le Livre l'emmena l'espace d'un instant au-dessus de leur jardin. Elle distingua avec précision la terrasse, les jouets de Gaspard et la cabane adossée au mur d'ardoise. Puis, comme si quelqu'un avait actionné un interrupteur, la nuit noire un moment. Et du rouge.

— Encore le monde du Feu ?

— Non… Bien pire… murmura le Livre.

Céleste avait inconsciemment repoussé ce moment.

Les Entrailles.

Des racines sinueuses encombrant des galeries qui semblaient s'entrecroiser sans fin. Des vers gluants de deux mètres de long qui grouillaient, des cheminées libérant de la vapeur. Un sous-sol pareil à une grotte infinie. Des ombres sur les parois, des silhouettes courbées et des sifflements mêlés à des râlements rauques au loin. Du givre à certains endroits et des flammèches quelques pas plus loin.

— Rentrons vite.

Ils planèrent un plus long moment, dans un décor de lignes horizontales, obliques, puis verticales, et, un court instant, Céleste crut apercevoir un dragon dans un coin de ciel.

Quelques secondes plus tard, elle eut la sensation qu'on lui dirigeait un faisceau lumineux sur le visage. Aveuglée et étourdie, elle se sentit tomber pour de bon alors que jusqu'à présent elle n'en avait pas physiquement eu l'impression. Elle percuta le sol de la salle du Livre avec fracas et ouvrit les yeux, son esprit reprenant place dans son corps après cette étrange visite.

— Enfin ! Qu'est-ce que tu m'as fait peur ! souffla Anatole.

Céleste roula sur le côté, se frotta les fesses avec vigueur, puis elle scruta le visage des trois personnes qui se penchaient au-dessus d'elle, l'air inquiet.

— Je reconnais bien là ma sœur, annonça Anatole en levant les yeux au ciel. Elle se cogne la tête et se frotte le derrière.

— Anatole ?

Elle sauta sur ses pieds et entoura son petit frère de ses bras.

— Tu vas bien ?

— Euh... Oui... Mais toi, par contre, tu m'inquiètes vraiment.

Céleste s'approcha du lutrin pour examiner le Livre.

— Qu'est-ce qui s'est passé ? Pourquoi êtes-vous sortis de la salle ?

— Qu'est-ce que tu racontes ? On n'a pas bougé. Ça fait au moins cinq minutes qu'on te secoue comme un prunier ! dit Anatole.

— Et le Livre ? s'inquiéta Céléste.

Héliodore la scruta avec insistance, visiblement préoccupé.

— Le Livre s'est agité lorsque tu t'es cognée dans la vitre. Les pages se sont tournées à plusieurs reprises.

— Est-ce qu'il s'est ouvert à la première page ?

Surpris par la question, le vieux Gudruth marqua une pause avant de répondre.

— Effectivement, il est allé à la première page.

Céleste s'approcha du pupitre et se pencha au-dessus du Livre.

— Je n'en ai pas fini, j'ai tellement de questions... cria-t-elle.

Sur la page jaunie, des mots s'inscrivirent :

« Tu pourras me les poser. Je ferai de mon mieux pour y répondre. »

— Mais...

« Il faut que tu te reposes, c'est absolument nécessaire. Et moi aussi. »

Héliodore, qui s'était approché de Céleste, resta bouche bée.

« Ça m'a fait du bien, de me dégourdir les pages. »

Gonzague, percevant l'intensité du moment, était resté en retrait et à proximité d'Anatole, totalement troublé.

— Héliodore, je ne me sens pas très bien... Je... Je voudrais me reposer un peu, murmura Céleste.

Celui-ci mit quelques secondes avant de pouvoir articuler une réponse.

— Mais bien sûr... Retournons au quartier général. Prends appui sur moi, veux-tu, tu parais vraiment faible.

Céleste se tourna vers le Gudruth, fit un pas, puis s'évanouit.

Chapitre 13

Le Pensum

Lorsque Céleste ouvrit les yeux, elle constata qu'elle se trouvait allongée sur une petite banquette, placée tout à côté de l'endroit où ils avaient pris le thé avec Héliodore et Gonzague, dans le quartier général des Gudruths.

— Elle se réveille !

Céleste tourna la tête en entendant la voix de son frère, et esquissa un sourire : il avait des moustaches en chocolat et des miettes sur le tee-shirt.

— Je vois que tu n'as pas perdu ton temps… lança Céleste.

Le garçon leva les yeux au ciel.

— Bah… Ils font des sablés à tomber… Autant cette histoire de thé à la sauge est dégueu, mais alors ces gâteaux…

— Comment te sens-tu ? demanda Héliodore en s'approchant à son tour.

Céleste réfléchit un petit moment avant de se prononcer. Elle n'en savait rien. Elle se souvenait du Livre, du voyage qu'elle avait effectué dans ses souvenirs, de son retour dans la Grande Salle et de la fatigue insurmontable qui l'avait envahie ensuite. Maintenant, ça allait plutôt bien, en réalité. Elle se redressa et s'assit sur le rebord de la méridienne.

— Je me suis sentie tellement lasse, tout à coup…

Héliodore hocha la tête d'un air entendu.

— Rien d'étonnant à tout cela.

Il jeta un coup d'œil à Anatole, puis à Gonzague.

— Veux-tu montrer à Anatole le fonctionnement de l'Arbronum ?

— Comment ? Moi ? Maintenant ? s'agita Gonzague.

— L'Arbroquoi ?

— S'il te plaît, reprit Héliodore en insistant sur chaque mot.

Céleste n'était pas dupe, Héliodore souhaitait visiblement lui parler en tête à tête. Le Gudruth à la queue tigrée escorta en soupirant Anatole jusqu'à la machine en or massif qui occupait une bonne partie de la grande pièce.

Héliodore vint s'installer à côté de Céleste. Il inspira profondément et posa ses mains noueuses et grises sur ses genoux. Il lissa quelques secondes le tissu de sa tunique beige.

— Tu es donc allée dans le Livre…

Il paraissait incrédule et triste à la fois. Céleste se mit instinctivement sur la réserve.

— Euh… Oui, je crois.

Héliodore tourna la tête vers elle et planta ses yeux fauves dans les siens.

— Cela n'est jamais arrivé.

— Je sais. Il me l'a dit, confirma Céleste.

Le Gudruth ouvrit grand la bouche, laissant apparaître des dents minuscules et grises.

— Il te l'a « dit » ? Mais je ne comprends pas… Le Livre ne parle pas !

À son tour, Céleste soupira. Tout cela la dépassait, et ce qu'elle avait pris pour de l'envie chez Héliodore était bel et bien de la stupéfaction.

— Oui, j'entendais sa voix, mais je ne l'ai pas vu. Tout ce que je pouvais voir n'était apparemment que des souvenirs.

— Incroyable… murmura Héliodore.

Ses yeux se voilèrent, et Céleste eut la sensation que la créature était vraiment accablée.

— Il voulait que je me fasse ma propre idée de toute cette… histoire. J'ai eu un aperçu des différents mondes.

Héliodore secoua la tête, leva sa main droite et la laissa retomber d'un geste las.

— La situation doit être particulièrement désespérée, pour que le Livre ait fait un effort pareil. Il a utilisé une énergie inimaginable pour te permettre de voir tout ça : il a beaucoup souffert.

— Le Livre a souffert ?

— Lorsque nous avons quitté la salle pour te ramener jusqu'ici, j'ai constaté que sa couverture était plus brune qu'à notre arrivée et que certaines pages étaient cornées… Plus l'équilibre de l'Arbre est en danger, plus le Livre pâtit. Il fut un temps où il faisait trois fois sa taille et avait une reliure dorée…

— Il est à ce point lié à l'Arbre ?

— Le Livre est une extension de l'Arbre, une sorte de moyen de communication entre celui-ci et ses habitants, créé en même temps que lui.

Héliodore prit la main de Céleste dans la sienne. Elle retint sa respiration, appréhendant le contact de la peau grise contre la sienne et fut saisie par la chaleur qui se dégageait du vieux Gudruth.

— Ma chère petite, je savais que l'heure était grave, mais j'avais visiblement sous-estimé la situation. J'aimerais pouvoir te dire que tu as le temps de réfléchir avant de prendre une décision, mais ce n'est pas vrai.

Le ventre de Céleste se serra, la peur la tenaillait. Les visions de lave, de glace, ainsi que les racines et les ombres des Entrailles lui parvenaient par flashs. Puis, une curieuse sensation vint l'étreindre, l'impression d'être observée, tout comme elle en avait eu l'impression à Pérythènes quelques heures plus tôt. Elle regarda derrière elle, mais constata que tous les Gudruths ici présents s'affairaient à leurs tâches. Elle laissa ses épaules s'affaisser, et pencha la tête en avant ; elle devenait paranoïaque.

— Je crois que j'ai peur, Héliodore.

Il accentua son étreinte.

— J'ai peur aussi, répondit le Gudruth.

Ils se turent un instant, observant Anatole et Gonzague, visiblement en train de se chamailler.

— Vous allez rentrer dormir, et tu vas réfléchir. Laisse passer quelques jours avant de me donner ta réponse, laisse ton esprit faire le tri des informations reçues aujourd'hui, reprit Héliodore.

— Mais, je ne comprends pas… La Prophétie parle de quatre Guides. Nous ne sommes que deux, et je dois déjà choisir ?

Le Gudruth réfléchit un moment.

— Il semble que les autres ne se manifesteront que si tu décides de participer à la quête.

Les épaules de la jeune fille s'affaissèrent.

— Alors tout dépend de moi ? C'est tellement déroutant et...

— ... effrayant.

Elle se tourna vers Héliodore pour chercher dans ses yeux un peu de réconfort.

— Oui...

— Je ne peux pas te cacher la vérité. Je n'en ai pas le droit. Accepter de nous aider, c'est prendre de très gros risques. Ceci dit...

— Ceci dit, si je refuse, le Livre annonce que c'est la fin de tout, c'est bien ça ?

Héliodore se contenta de hocher gravement la tête, incapable d'annoncer la vérité tout haut.

— Allez... Il est temps de vous en retourner, décida Héliodore.

Céleste se leva. Son corps raide obéissait au Gudruth, mais son esprit était encore si loin, au-delà de la canopée, perdu dans les filaments lumineux des feuilles.

— J'ai vu les débuts de l'Arbre. En accéléré, expliqua Céleste.

Les yeux fauves d'Héliodore s'assombrirent.

— C'est une chance incommensurable.

— Juste avant, je veux dire... Juste avant que l'Arbre ne se mette à pousser, le ciel était si sombre, il y avait des nuages presque noirs, des éclairs, du vent... Et tout à l'heure vous parliez des conditions météo, que c'était la première chose qui se dégradait quand il y avait une perturbation dans l'équilibre de l'Arbre. Qu'y avait-il, avant ? Je veux dire avant que l'Arbre ne pousse.

— Nous n'étions pas là pour le dire, mais certains

prétendent qu'il y a très longtemps, un autre Arbre a existé avant celui qui nous porte…

— La fin d'un monde… souffla Céleste.

— La fin des mondes. Des mondes de l'Arbre.

— Et tout dépend de moi… précisa Héliodore.

Des cris étouffés les interrompirent brusquement. Céleste se retourna en même temps qu'Héliodore, et un grondement indiqua que la grande porte de sortie du quartier général se refermait. Une grande coccinelle plus grande que la majorité des Gudruths s'avança, scrutant la foule, visiblement à la recherche de quelqu'un ou de quelque chose. En apercevant Anatole près de l'Arbronum, elle marqua un temps d'arrêt. Céleste crut lire de la peur dans les yeux de cette créature. Héliodore se leva pour aller à sa rencontre.

— Coccléa…

Il pencha la tête en signe de salut ; en réponse, la coccinelle s'inclina très bas.

— Héliodore.

— Que me vaut ta visite ?

Coccléa jeta un regard à Céleste, et hésita avant de se lancer.

— Parle sans crainte, dit Héliodore.

— Une faille. Énorme, cette fois.

Héliodore hocha la tête plusieurs fois, l'air très affecté.

— Je ne suis pas surpris.

— Près du rameau supérieur, ça paraît grave. J'ai bien peur que les tuteurs ne suffisent pas.

— Donne ton rapport à l'Arbronum, s'il te plaît. Peux-tu patienter un moment avec Gonzague ?

Pour toute réponse, Coccléa sourit, puis glissa sans bruit

en direction du Gudruth à la queue tigrée. Céleste la trouva très jolie ; la jeune personne avait un visage presque humain sur un corps de coccinelle. Elle se tenait à la verticale, sur ses pattes, à la différence des quelques coccinelles qu'ils avaient croisées dans la capitale des Gudruths.

— Cocciéa est un Évolu, expliqua Héliodore.

— Un Évolu ?

— Dans les différents mondes, certains individus naissent Évolu ou le deviennent en subissant une mutation. Nous ne parlons pas là de « supériorité », mais de « différence ». Ces individus ont cela dit des capacités – physiques ou intellectuelles – bien au-delà de la moyenne de leur espèce.

— Mais…

— Tu te demandes si sur Terre c'est la même chose, n'est-ce pas ? reprit Le Gudruth en riant.

Céleste sourit pour la première fois depuis un long moment.

— Bien sûr ! reprit Héliodore. Regarde les exemples de grands sportifs, ou encore les savants tels qu'Albert Einstein… Cependant, je te l'accorde, physiquement, ce n'est pas aussi frappant que chez Coccléa. À ce sujet, j'ai par le passé connu une limace évolue…

Il s'interrompit et toussota.

— Enfin, c'est une tout autre histoire…

Céleste en était à peu près certaine : Héliodore avait rougi.

— Tout ce que je découvre depuis tout à l'heure est fascinant, je ne sais plus où donner de la tête… Comment pourrais-je me décider ?

De nouveaux cris retentirent dans un coin de la salle, de protestation, cette fois.

— Mais lâchez-moi !

Héliodore fronça les sourcils et se retourna. Céleste fit de même et observa avec amusement les trois créatures qui se dirigeaient vers eux. Deux gardiens armés d'une lance qui paraissait somme toute assez inoffensive encadraient une Gudruth apparemment assez jeune. Héliodore écarquilla soudain les yeux.

— Kyra !

— Je n'ai rien fait de mal, oncle Hélio.

Le visage d'Héliodore se ferma, mais Céleste eut la sensation qu'il se forçait à prendre un air grave.

— Que fais-tu ici ?

— Je sais que je n'en ai pas le droit.

Céleste se souvint que les « jeunes » Gudruths devaient étudier des années avant de pouvoir accéder aux postes des adultes.

— Je te rappelle que j'ai cent soixante ans, oncle Hélio.

— Tu n'as rien à faire ici, sauve-toi vite avant que je ne me fâche pour de bon.

Mais la nièce d'Héliodore ne bougea pas d'un poil d'oreille, qu'elle avait brun clair.

— Je devais vérifier. Je suis désolée… murmura Kyra.

Elle avança une main noueuse vers Céleste, mais l'un des gardes bondit et l'empêcha de terminer son mouvement.

— Qu'est-ce que tu fais ? interrogea le Gudruth.

Kyra parut hésiter.

— Je vous suis depuis tout à l'heure…

Héliodore s'apprêta à protester, mais elle ne lui en laissa pas le temps.

— Non, non, pas jusqu'au Livre… Dans Pérythènes…

— Kyra…

La voix du chef des Gudruths paraissait plus lasse que teintée de reproches, comme si sa nièce n'en était pas à sa première désobéissance.

— Oncle Hélio, je suis presque certaine que je suis son Pensum, dit Kyra en désignant Céleste d'un signe de la tête.

Le silence se fit instantanément dans la grande salle. Un Gudruth qui s'affairait près de l'Arbronum en laissa tomber une grosse clé à molette ; le tintement de l'or sur le marbre résonna durant quelques secondes.

— Kyra !

Cette fois-ci, Héliodore était furieux. Il roulait des yeux pleins de colère et tendit une main vers sa nièce. Celle-ci fit un pas de côté et bondit près de Céleste.

— Je dois vérifier, désolée. Je le sens, oncle Hélio.

Kyra passa tout près de Céleste, qui eut le temps de croiser le regard horrifié d'Anatole. Tous les Gudruths semblaient retenir leur souffle, et Héliodore se mit à crier.

— NON !

Kyra saisit alors la main de Céleste d'un geste vif, déplia son index et apposa le sien contre l'extrémité du doigt. Aussitôt, Céleste eut l'impression de recevoir un électrochoc, comme si par le biais de ce contact une décharge énorme d'électricité transitait dans son organisme. Elle sentit sa température interne augmenter et prit conscience de chacun de ses organes, comme si tous devenaient indépendants. Elle entendit le moindre souffle d'air qui se déplaçait dans la pièce, vit une araignée microscopique se déplacer au plafond à quinze mètres de là et, en même temps, elle comprit qu'elle percevait tout ce que percevait Kyra, comme si elle avait eu deux paires d'yeux. Les battements du cœur de la jeune Gudruth résonnaient en elle. Effrayée, elle voulut détacher son doigt du sien mais en fut incapable, leurs corps paraissaient soudés l'un à l'autre, et des picotements se firent sentir.

— N'aie pas peur.

La voix de Kyra parvenait à Céleste alors que la jeune Gudruth ne parlait pas. Céleste en était sûre, ses lèvres n'avaient pas bougé d'un millimètre.

— Qu'est-ce que tu fais ? pensa Céleste.

Ses pensées transitaient jusqu'à Kyra sans le moindre effort, elles ne formaient plus qu'un.

— Je voulais en être sûre : je suis ton Pensum. Et tu es mon Pensum.

— Mais…

— Une sorte d'âme sœur interespèces. C'est très rare, on n'a pas dénombré plus de dix cas depuis l'histoire de l'Arbre, mais quand je t'ai vue, j'ai su…

Il y eut un crépitement au niveau de leurs index, la chaleur se fit encore plus intense. Puis un faisceau de lumière commença à poindre ; comme un rayon laser, il se projeta au plafond. Tout d'abord blanc et pas plus visible qu'un point, il s'élargit et se para des couleurs de l'arc-en-ciel.

Dans sa semi-conscience Céleste entendit l'assemblée de Gudruths s'extasier, puis elle aperçut Héliodore. Il se dirigea vers elles, et posa ses mains sur leurs avant-bras et tenta de les désolidariser. Il articulait quelque chose, mais Céleste avait du mal à détacher ses yeux de Kyra et dut se faire violence pour écouter les suppliques du Gudruth.

— Vous devez le vouloir ! Vous devez le vouloir ! hurla Héliodore à leur intention.

Kyra ferma les yeux et Céleste l'imita sans savoir pourquoi.

— Nous devons nous détacher, Céleste, sinon cela va être trop épuisant.

Céleste mobilisa toute son énergie, la focalisa sur son doigt et répéta comme un mantra.

— Je dois le vouloir, je dois le vouloir.

L'instant d'après, elle tomba à la renverse ; Kyra aussi avait roulé à l'exact opposé. Elle se releva toutefois aussitôt et sauta à pieds joints, folle de joie.

— Je le savais ! Je le savais !

Héliodore aida Céleste à se redresser.

— Tu vas bien ? s'enquit le vieux Gudruth.

Céleste se posa la question. Oui, elle se sentait étrangement bien. Pour tout dire, elle ne s'était jamais sentie aussi bien. Kyra courut vers elle et l'enlaça.

— C'est encore mieux que d'avoir une sœur ! J'ai toujours rêvé d'avoir une sœur.

Anatole s'approcha en grommelant :

— Quelqu'un peut m'expliquer toute cette histoire et ces arcs-en-ciel qui apparaissent comme ça ? Dans cinq minutes je dois m'attendre à des feux d'artifice ?

Gonzague et Coccléa, visiblement impressionnés, éparpillèrent les Gudruths. Kyra, Anatole et Céleste s'éclipsèrent dans le coin de la salle avec Héliodore.

— Vous êtes bien le Pensum de l'autre.

Il avait l'air joyeux et impressionné, mais se rembrunit soudain en fusillant Kyra du regard.

— Ce que tu as fait est incroyablement dangereux.

Sa nièce baissa les yeux.

— Vous auriez pu mourir : cette expérience réalisée par

des esprits non entraînés aurait pu très mal tourner ! Et je te rappelle, Kyra, que Céleste est l'Élue !

— Je l'ai fait… parce que j'étais sûre de moi… répondit la jeune Gudruth.

— Tu es trop instinctive, Kyra. Brillante, mais trop instinctive, tonna Héliodore.

— Bon, et c'est quoi un Pensum ? l'interrompit Anatole.

Héliodore sourit, comme empli de fierté.

— C'est avant tout une richesse, une chance incroyable, et, par les temps qui courent, je vois cela comme un magnifique signe d'espoir.

— OK, OK, mais sans langage codé, ça donne quoi ? demanda Anatole.

Héliodore éclata de rire.

— Que d'impatience, souffla Héliodore. Kyra et Céleste sont des âmes sœurs, les manifestations qui se sont produites, notamment sous la forme de ce faisceau lumineux viennent l'attester. Elles peuvent interagir l'une sur l'autre, s'aider en cas de besoin, potentialiser leurs forces et apprendre l'une de l'autre.

— C'est vraiment génial, piailla Kyra.

— Mais plus encore, reprit Héliodore, on ne connaît pas vraiment les limites.

— Et moi j'en ai un aussi ? demanda Anatole.

— Ce n'est pas impossible, mais fort peu probable. Il y a très peu de cas répertoriés, et ce depuis la création de l'Arbre. Cela dit, on ne sait jamais.

— Pas grave, avec ma chance, ce serait avec un puceron gluant ou un Kallok enragé…

Ils éclatèrent tous de rire.

— Ne sous-estime pas l'utilité des pucerons, je t'assure !

Kyra, je vais devoir te faire reconduire à Pérythènes, conclut Héliodore.

Elle se leva, consciente qu'elle avait suffisamment repoussé les limites pour la journée, fit quelques pas, puis revint en arrière. Elle se figea devant Céleste et la serra fort dans ses bras.

— À très vite.

Céleste sentit son cœur se serrer. La petite Gudruth semblait pleine d'espoir. Lorsqu'elle fut hors de leur vue, Céleste se risqua à une question.

— C'est peut-être l'un des Guides ?

Héliodore secoua la tête de gauche à droite.

— Impossible. Quatre humains : le Livre est formel.

Puis il planta à nouveau ses yeux au fond des siens. Leur teinte fauve flamboyait d'appréhension, de doutes et d'espérance.

— Céleste, prends le temps de réfléchir. Le temps qu'il te faut. Si tu décides que ta réponse est oui, les deux autres Guides se présenteront à un moment ou à un autre.

— Et sinon ? demanda Anatole.

Héliodore sourit tristement et se leva, sans répondre à cette question.

— Il est temps pour vous de rentrer.

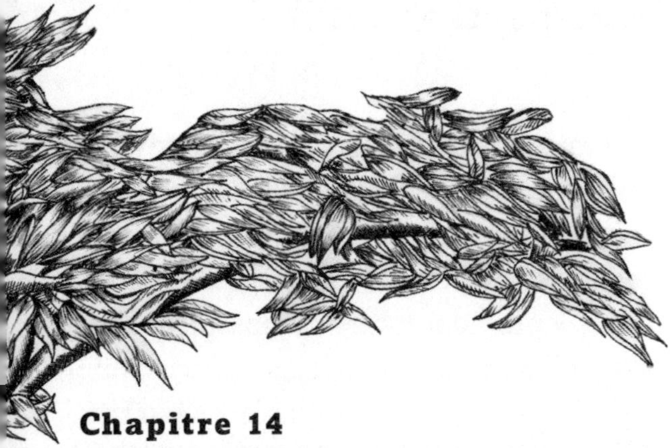

Chapitre 14

Retour à la réalité

Céleste se réveilla en sursaut au beau milieu de la nuit. Elle était trempée, et son oreiller également. Elle alluma sa lampe de chevet, se leva et changea de pyjama. Elle mit un certain temps avant de réaliser que tous les souvenirs qui lui revenaient par vagues n'étaient pas des bribes de rêves. Elle porta machinalement la main à son cou, palpa la chaîne et fit coulisser le médaillon qui dissipa ses derniers doutes. Préférant rester dans l'obscurité pour réfléchir, elle éteignit la lumière, cala son traversin et appuya sa tête contre le cadre de lit en bois.

La veille, après toutes ces découvertes et révélations, Anatole et elle avaient pris le chemin du retour, parcouru en sens inverse les galeries qui reliaient leur cabane au monde des Gudruths, comme autant de raccourcis exceptionnels, spécialement mis en place pour eux, d'après Gonzague. Celui-ci, visiblement aux aguets, pénétra dans la chambre de Céleste sous sa forme de chat et vint se pelotonner sur ses genoux. La sentant préoccupée et soucieux de la rassurer, il se mit à ronronner.

Céleste passa machinalement sa main sur le dos de

l'animal en repensant à l'après-midi qui avait suivi leur retour dans la lumière aveuglante du jardin et les cahiers de vacances faits à la va-vite pour justifier leur présence à la maison… Tout ceci n'avait pas été un problème, le temps s'écoulait beaucoup plus lentement lorsqu'ils passaient « de l'autre côté », de sorte qu'ils avaient même eu la possibilité de déjeuner et de regarder un DVD avant que leurs parents reviennent.

Un bruit sec fit soudain sursauter Céleste. Une lame de parquet avait craqué et la porte de sa chambre s'ouvrit lentement. Elle attrapa sans bruit le livre placé sur sa table de nuit, bien décidée à s'en servir comme d'une arme, puis se dressa dans son lit.

— Tu es réveillée ?

Céleste soupira.

— Anatole ? Tu m'as fichu une de ces trouilles…

Il s'assit sur le bord du lit, puis pivota et étendit ses jambes en direction de la tête de sa sœur.

— Je n'arrive pas à dormir.

— Moi non plus…

Céleste n'avait pas encore raconté à son frère ce qu'elle avait vu en tombant dans le Livre et en voyageant à travers les souvenirs des mondes. De son côté, le jeune garçon avait compris que sa sœur avait été énormément secouée par ce qu'elle avait appris, et préféré attendre qu'elle décide de se confier lorsqu'elle le jugerait bon. Profitant de cet instant d'intimité, et dans un silence religieux, Céleste essaya de trouver les mots justes pour décrire les paysages, les couleurs, la profusion de richesse des mondes, tout comme les nombreux éléments effrayants…

À la fin du long monologue, Anatole demeura silencieux.

— Tu t'es endormi ? demanda Céleste.

— Non... Je... Je n'en reviens pas.

Céleste sourit dans l'obscurité. Elle pouvait compter sur les doigts d'une main les fois où son frère était resté sans voix.

— Alors ?

— Alors quoi ?

— Eh bien... Quand est-ce qu'on s'y met ?

Céleste alluma sa lampe de chevet pour distinguer le visage de son frère. Il se mit les mains devant les yeux, aveuglé par la lumière soudaine.

— Tu n'es pas sérieux !

Elle avait parlé plus fort qu'elle ne l'aurait voulu, Anatole se leva d'un bond et ferma avec précaution la porte de la chambre.

— Qu'est-ce qui te prend ? Tu tiens à réveiller tout le monde ?

— Tu te moques de moi, reprit Céleste un ton plus bas. Après tout ce que je viens de te raconter, tu vas me dire que tu as envie d'aller discuter avec les Géants, de tâter de la lave, et de visiter les Entrailles ?

Habituée aux moqueries de son frère, elle attendit qu'il exprime enfin le fond de sa pensée.

— Je pense que tu n'as pas vraiment le choix, mais c'est de toi que dépend la suite, c'est bien ce qu'a dit Héliodore.

Céleste fit une pause ; tout s'embrouillait dans son esprit. Elle avait changé d'avis cent fois depuis leur visite aux Gudruths. La rencontre de Kyra, surtout, et ses yeux pleins d'espoir l'avaient terriblement secouée. Mais, d'un autre côté, comment prendre la décision de voler, à son âge, au secours de différents peuples, tout ça parce qu'une prétendue Prophétie affirmait qu'elle était l'Élue ?

— Je suis responsable de toi. Et rien que ça, ça signifie que je ne peux pas accepter.

Cette fois-ci, c'est Anatole qui s'emporta.

— Et donc, on va rester les bras croisés, à attendre que tout se désagrège autour de nous. Voilà, c'est ça ta solution aux problèmes… Chapeau !

Elle en revenait toujours au même point et, quelle que fût la manière dont elle retournait la chose et la façon dont elle essayait de peser le pour et le contre, le résultat était le même : ils allaient droit dans le mur. Elle, Anatole, et tous les habitants des différents mondes.

— Je préfère retourner me coucher.

Il paraissait fâché, et Céleste se sentit honteuse. Honteuse de ne pas réussir à prendre ses responsabilités. Mais quelles responsabilités… Chubaka quitta lui aussi la pièce en se frottant aux jambes d'Anatole.

Lorsqu'elle fut seule, elle éteignit sa lampe de chevet et, dans le noir, essaya de se rappeler ses visions de l'Arbre dans les moindres détails.

Chapitre 15

Déclic

Trois jours. Trois jours entiers s'étaient écoulés depuis leur brève rencontre avec les Gudruths. Et, depuis leur discussion nocturne, Anatole ignorait royalement sa sœur. Il passait son temps à jouer dans le jardin, à lire et à bricoler avec leur père, mais ne s'occupait absolument plus de ce que pouvait faire Céleste. Elle était parfaitement lucide et comprenait qu'il lui en voulait d'hésiter mais, plutôt que de lui rabâcher son avis et ses arguments à longueur de journée comme à son habitude, il avait adopté une tout autre tactique qui commençait à entamer sérieusement le moral de la jeune fille.

— Pourquoi ne viens-tu pas au parc avec nous ?

Effectivement, depuis trois jours également, Anatole tannait leur mère à ses rares moments de temps libre et insistait pour aller jouer au parc situé dans la rue juste derrière la leur. Il y avait rencontré plusieurs enfants de son âge, qui seraient vraisemblablement dans sa future classe. Plusieurs d'entre eux étaient déjà venus à la maison, jouer dans sa chambre, et même dans leur cabane, sans voir la porte qui était pourtant toujours bien présente et visible à leurs yeux.

La rentrée… Voilà l'autre raison de la morosité de Céleste. Il ne restait plus qu'une semaine de vacances avant l'entrée en quatrième. En soi, c'était déjà une étape importante, mais être la nouvelle, l'objet de l'attention de tous… Elle, si timide, ne savait comment elle allait gérer cette épreuve.

— Alors, tu viens ? demanda Anatole.

— Je préfère rester lire sur la terrasse.

Anna Renoir haussa les sourcils, mais retint le fond de sa pensée. Gaspard insista pour prendre sa draisienne, Joséphine sa poussette, et Anatole attrapa sa trottinette. En se tournant vers Céleste, il jeta un regard noir. Elle bouillait, son frère exagérait, il la traitait comme si elle faisait un caprice.

— On croit rêver, s'énerva Céleste.

Elle shoota dans un ballon de foot qui traînait là, lequel atteint Chubaka qui bondit en miaulant.

— Oh… Je n'ai pas fait exprès…

Le chat s'enfuit à l'autre bout du jardin. Elle s'était refusée à retourner dans le tunnel et s'était mis tout le monde à dos.

— Qu'est-ce qui te préoccupe à ce point ?

Bruno Renoir charriait des brouettes de terre pour garnir un parterre de fleurs.

— Je vois bien que tu n'es pas en forme. Tu veux parler ?

Céleste sentit les larmes monter. Elle aurait tant voulu lui raconter tout ce qui se pressait depuis plusieurs jours dans sa tête. Il aurait ri et lui aurait assuré que tout ce dont elle avait à se soucier, c'était de se faire des amis dans son collège.

— Je ne connais personne, murmura Céleste.

Ça n'était pas vraiment un mensonge, mais ça n'était pas non plus l'entière vérité. Comment avouer à son père que son propre destin était entre ses mains, enfin si elle se décidait vraiment à croire à toute cette histoire…

Il reposa la brouette, s'approcha de sa fille et, de son avant-bras, caressa ses cheveux châtains.

— J'ai les mains sales, ma puce, mais le cœur y est. Je te fais confiance, tu es brillante et tu parviens toujours à tes fins.

Elle sourit faiblement.

— Peut-être que tu rencontreras quelques pépins parfois, et que tout ne sera pas toujours rose, mais… fais-toi confiance, et l'avenir te sourira.

Céleste inspira profondément et eut du mal à cacher son trouble. Bien sûr, son père ne parlait que de ses craintes de collégienne, mais le sens de ses paroles résonnait en elle. Se faire confiance. Si l'ensemble des Gudruths, le Livre et tous les habitants de l'Arbre étaient unanimes pour s'en remettre à elle, pourquoi alors ne se faisait-elle pas confiance ?

Empoignant à nouveau les manches de la brouette, son père repartit en soufflant :

— La peur n'évite pas le danger, ma belle.

Il lui fit un clin d'œil et avança vers le monticule de terre.

Céleste s'assit tout d'abord en tailleur dans l'herbe. Son père avait passé la tondeuse deux jours plus tôt, mais déjà de nouvelles pâquerettes pointaient leur nez. Elle se laissa tomber à la renverse et étendit ses membres en étoile.

De gros nuages passaient, aux formes ahurissantes pour qui voulait bien prendre le temps de les distinguer. Un dindon, un énorme poisson, un flamant rose, et, là, un paquebot. Qu'allait devenir tout ça, tous ces détails, du plus infime au plus remarquable, si elle ne se décidait pas à agir ?

À cet instant, Céleste sentit quelque chose se modifier en elle, physiquement. Comme si ses organes s'étaient endurcis tout à coup ; son cœur battait plus vite, elle avait chaud. Elle posa ses mains sur ses yeux pour se cacher du soleil qui lui parvenait au visage par intermittence, au gré du vent qui secouait les branches du bouleau. Elle était prête. Oui, définitivement prête.

Aussi excitée qu'apeurée, elle se leva, impatiente qu'Anatole rentre pour lui annoncer la nouvelle. Elle irait avec lui apprendre à Héliodore qu'elle voulait faire ce qu'il fallait pour les aider, dans la mesure de ses possibilités, bien sûr, car elle était encore déstabilisée par les tâches, toujours inconnues, qui les attendaient.

Elle ne vit pas le ballon arriver et le reçut au sommet de la tête.

— Aïe !

Un deuxième passa par-dessus la haie pour atterrir quelques mètres plus loin. Une balle de tennis, puis deux, puis trois, accompagnées d'un volant de badminton jaillirent à leur tour pour s'éparpiller autour d'elle.

— Mais… Qu'est-ce que…

Elle entendit la voix de sa mère dans la maison. Celle-ci rentrait du parc où elle était allée passer un moment avec Gaspard, Joséphine et Anatole. Ce dernier apparut dans le jardin en prenant soin de ne pas regarder sa sœur pour lui montrer qu'il faisait toujours la tête. Il était suivi d'un garçon de son âge, Basile, avec lequel il avait déjà joué les jours précédents.

Le carillon de la porte d'entrée retentit quelques secondes plus tard, et Céleste perçut la voix de sa mère :

— Mais bien sûr... Je te laisse suivre le couloir et traverser la cuisine !

La voix d'Anna Renoir semblait enjouée, et, sur la terrasse, Céleste se demandait bien à qui elle pouvait bien s'adresser de cette façon. Une frêle silhouette parut dans l'encadrement de la porte-fenêtre. Un garçon, sensiblement du même âge que Céleste, s'avança timidement.

— Avance, je t'en prie ! Ton ballon ne doit pas être bien loin ! reprit Anna qui l'accompagnait.

— Je suis confus, j'ai mal visé... Je suis affreusement maladroit.

Puis, apercevant Céleste :

— Oh ! Bonjour ! balbutia l'inconnu.

Il hésita un moment, un brin gêné, puis fit quelques pas et tendit une main.

— Théophane de La Minaudière, enchanté.

La mère de Céleste réprima un sourire.

— Céleste, je te présente Théophane, il habite juste à côté. Il vient de rentrer de vacances et, apparemment, son ballon est tombé chez nous.

Elle scruta la pelouse en même temps que Céleste.

— Ses deux ballons, ses trois balles de tennis et son volant de badminton, tu veux dire, dit Céleste.

Théophane eut une mimique assez surprenante, entre le rictus, le sourire, et autre chose d'indéfinissable.

— Je suis épouvantablement malhabile.

— C'est ça, souffla Céleste.

Elle ignora les gros yeux que sa mère roulait à son intention.

— Eh bien, profitez-en pour faire connaissance ! Théophane va aller dans le même collège que toi, et en quatrième également…

Elle tourna les talons avant que sa fille ne puisse opposer quelque refus que ce soit.

— Fort joli terrain, agréablement arboré, qui plus est.

Céleste tourna la tête pour voir s'ils parlaient bien des mêmes six cents mètres carrés de terrain troués de toute part en prévision de futures plantations. Dans un coin, des branches coupées formaient un tas hallucinant en attendant que leur père se décide à aller à la déchetterie.

— Mouais… Avant on était en appartement, alors c'est sûr que c'est vraiment sympa.

Céleste l'observa discrètement tandis qu'il paraissait absorbé par la contemplation des lieux ; il n'aurait pas eu un air très différent en découvrant les jardins du château de Versailles. Il était châtain, avait les cheveux plutôt longs et coupés approximativement au bol. Il portait des lunettes rondes cerclées de métal, absolument pas à la mode. Son bermuda s'approchait plus de culottes courtes qu'autre chose, et il était vêtu d'une chemisette à manches courtes, recouverte d'un gilet sans manches. Incroyable. Il avait dû être télétransporté des années soixante…

Soudain, il s'arracha à sa contemplation et fit volte-face. Prenant conscience que Céleste n'avait pas envie de parler, il se lança :

— Je suis ravi d'avoir fait ta connaissance.

Il s'apprêtait à partir lorsque celle-ci lui fit remarquer qu'il n'avait pas récupéré ses six projectiles.

— Quel étourdi je fais !

Il se frappa le front et courut ramasser ses biens, manquant de tomber au passage en descendant les quelques marches de la terrasse. Tout en réajustant ses lunettes, il cala les balles dans son tee-shirt et essaya de coincer les ballons sous ses bras.

— Renvoie-les, non ? Ce sera plus simple…

— Comment ?

Réalisant l'absurdité de la chose, il se mit à rougir, lança les jouets dans son jardin, puis revint vers Céleste, tête baissée.

— Tu vas me trouver complètement idiot…

Elle sourit. Il était plutôt touchant, en définitive, et sa timidité surmontée lui rappelait qu'elle ne faisait aucun effort pour dompter la sienne.

— Pas du tout, mais je trouve ça assez drôle comme moyen de tenter de faire connaissance.

Il fixait le bout de ses chaussures, des tennis usées pas du tout à la mode non plus.

— Je ne suis pas très doué pour les rapports humains, en réalité… Depuis toujours.

La mère de Céleste sortit et déposa un plat sur la table du salon de jardin. Un gros gâteau au chocolat était découpé et n'attendait plus qu'à trouver preneur.

— Basile, Anatole, venez goûter ! Ça vaut aussi pour toi, Théophane.

Ce dernier lança un regard à Céleste, comme pour s'assurer qu'elle n'y voyait pas d'inconvénient. Elle tendit en guise de réponse un bras en direction de la table.

— Dépêchons-nous ! Anatole ne mange pas, il dévore. Si on lui laisse une longueur d'avance, il ne restera rien !

Prenant la remarque très au sérieux, Théophane se hâta de s'asseoir sur l'une des chaises, puis se releva et attendit que Céleste s'installe avant de reposer ses fesses sur l'assise, en parfait gentleman.

Une fois la glace rompue pour de bon – et le gâteau disparu –, Céleste emmena son voisin à l'ombre du vieux saule. Ils s'installèrent contre le tronc, côte à côte pour ne pas avoir à se regarder, c'était parfait pour faire connaissance. Le jeune garçon était revenu de vacances le jour même, il avait entendu des cris d'enfants, une grande première après des années sans le moindre bruit dans les jardins. Sa grand-mère était rentrée de la boulangerie en lui apprenant que les nouveaux voisins avaient deux filles et deux garçons, et il avait espéré en trouver un ou deux dans sa tranche d'âge.

— Je passe les vacances en bord de mer, nous avons la chance d'avoir une maison de famille située tout près de la plage.

Il marqua un temps d'arrêt.

— Ce n'est pas que je sois très jeux d'extérieur, mais Grand-Père et Grand-Mère tiennent à ce que je prenne l'air, au moins durant les mois d'été.

Céleste garda ses remarques pour elle. Il avait fallu qu'elle tombe sur un spécimen particulièrement étrange, un garçon singulier qui passait son temps dans sa chambre plutôt qu'à rechercher la compagnie des gens de son âge. Elle n'aurait évidemment pas pu tomber sur la fille « cool » du collège qui l'aurait de suite mise en relation avec les élèves les plus sympas, avec qui elle aurait fait de la danse et partagé des secrets, non… Plongée dans ses pensées, elle ne réalisa pas tout de suite que Théophane s'était tu depuis de longues minutes. Elle était peut-être un peu trop sévère avec lui, après tout, il avait fait le premier pas.

— Et tes parents, ils font quoi ?

— Ils sont décédés, répondit-il d'une voix enjouée. Un accident de la route, j'avais trois ans. Ne sois pas désolée, c'est statistique, il y a un quota de morts par accident, qui plus est de la route. C'est triste et très dommageable, enfin pour moi, mais il ne faut pas que tu en sois gênée.

Céleste hésita entre fuir en courant et prendre la main de Théophane dans la sienne, ou ce genre de choses qui se font en signe de compassion, mais il reprit :

— Depuis, je vis avec mes grands-parents. J'ai beaucoup de chance, ils sont formidables : Grand-Père est professeur d'astrophysique et Grand-Mère enseignait l'histoire de l'art, mais des problèmes de vue l'ont contrainte à arrêter.

Tout cela expliquait les tenues vintage et peut-être aussi cette façon de s'exprimer tout à fait désuète.

— Tu stresses aussi pour la rentrée ? demanda Théophane.

Céleste ne sut quoi répondre, presque choquée qu'il passe ainsi du coq à l'âne, abordant la rentrée après le décès de ses parents tout comme il aurait pu lui demander si elle aimait son steak à point ou saignant.

— Euh… Carrément, en fait.

Il se tourna vers elle, la fixant de ses yeux noirs.

— Sans blague ?

Elle se mit à rire devant son air absolument sidéré, comme si elle lui avait annoncé qu'elle comptait se faire implanter un troisième œil au niveau du front.

— Toi ?

— Quoi, moi ?

— Eh bien, tu as peur ? Je n'en crois pas mes oreilles, tu es si… cool.

Dans sa bouche le mot sonnait comme une blague, et cette fois-ci Céleste se tordit de rire.

— Ne le prends pas mal, mais je ne suis pas « cool » du tout !

— Alors là, je t'assure que si… Quant à moi, déjà qu'en cinquième j'ai eu un mal fou à me faire un ami, cette rentrée de quatrième, c'est juste une catastrophe.

— Et ton ami…

— Côme ? Il est formidable, mais ses parents ont divorcé, et il est parti en juin habiter à Londres avec sa mère.

— Allez, ça va bien se passer…

L'ironie de la situation lui sauta aux yeux. Elle réconfortait Théophane, alors qu'elle-même redoutait l'échéance.

— Si seulement on pouvait être dans la même classe. Il y a trois classes de quatrième.

Céleste se figea : elle savait que fréquenter Théophane d'emblée n'allait pas l'aider à se faire des amis. Il était trop différent des élèves habituels pour que ce soit une bonne chose. Aussitôt, elle s'en voulut de penser de façon si catégorique. Elle jugeait et craignait le jugement des autres, et pourtant elle espérait de tout cœur ne pas se faire cataloguer.

— Regarde-moi, dit-il comme s'il avait intercepté ses pensées.

Il désigna ses vêtements puis regarda ceux de Céleste. Elle portait un short en jean, un débardeur jaune pastel et des converses rose fuchsia. Pour Théophane, ça, c'était être cool.

— Oh, bien sûr, je pourrais froisser ma grand-mère qui

fait ce qu'elle peut pour me faire plaisir et la contraindre à changer de magasins de vêtements mais, au fond, je m'en fiche.

Céleste lui adressa un sourire contrit.

— Alors, dis-moi, Théophane, qu'est-ce que tu fais de ton temps libre ?

Le garçon s'illumina et, l'espace d'un instant, Céleste le vit différemment. Là, tel qu'il était, et avec cette lueur dans les yeux, il aurait pu soulever des montagnes.

— Je construis, j'invente.

Il rougit, conscient que cela pouvait paraître un peu présomptueux.

— Enfin, je tente des choses, et j'adore l'astrophysique, évidemment. Je te montrerai mes dernières créations, j'ai créé de toutes pièces un véhicule qui fonctionne uniquement à l'énergie solaire.

Il se rembrunit et la petite lueur conquérante disparut de ses yeux.

— Si ça t'intéresse, bien entendu.

— Mais bien sûr !

Il la regarda de côté, sourit et se prit la seconde d'après un ballon de foot en pleine tête. Anatole courut vers eux tout penaud.

— Désolé, mon pote.

— Ce n'est rien, je t'en prie.

Puis, se tournant vers Céleste, il réajusta ses lunettes :

— Voilà, je crois que tu as cerné le personnage : c'est toute l'histoire de ma vie.

Ils éclatèrent de rire tous les deux et se levèrent.

— Et toi, Céleste Renoir, que fais-tu de tes journées ?

Elle aurait eu envie de lui raconter sa vie devenue

trépidante depuis peu, rien que pour le voir ouvrir grand la bouche et se prendre une branche dans la tête dans la foulée, mais se contenta de répondre :

— Je lis, je lis beaucoup, vraiment beaucoup, et puis je dessine, aussi.

Il ouvrit de grands yeux :

— Alors tu es un peu une intello, toi aussi !

L'idée semblait lui plaire, et même lui remonter le moral.

— Je pourrais voir ? Enfin si ça ne te dérange pas ? Je ne sais pas dessiner, juste tracer des plans. Je suis trop logique pour laisser libre cours à mon imagination sur du papier.

Céleste pensa à son carnet de croquis laissé dans la cabane, puis elle hésita. Cette histoire de porte la mettait mal à l'aise. Anatole n'avait pas cillé lorsqu'elle était entrée la veille alors qu'il était en compagnie de Basile, faisant apparaître la porte, mais elle-même s'était sentie mal.

— Tu m'attends là ? Je reviens tout de suite.

Laissant Théophane en plan, elle courut jusqu'au fond du jardin, ouvrit la porte de l'abri à la volée et parcourut la pièce du regard. Quel chantier ! Gaspard était venu un peu plus tôt y jouer et il avait vraisemblablement tout retourné. Lorsqu'elle vit, dans un coin par terre, sens dessus dessous, son carnet de croquis tout recouvert de poussière et la couverture froissée, elle en oublia tout le reste et imagina les supplices qu'elle allait infliger à son petit frère au potentiel de destruction qui défiait l'entendement.

— Je vais le piler ! Je vais le concasser, le mouliner, puis le compacter.

Elle tourna les pages, l'une d'elles était recouverte d'un gribouillis et d'un G. Il avait même signé son méfait.

— Je vais le moudre et le compresser, je vais…

— Je n'aimerais pas être à la place de celui à qui tu réserves cette série de châtiments !

Céleste fit volte-face, et son cœur se mit à battre la chamade.

— Ah… Théophane… Non, en fait Gaspard est passé par là, mon cahier en a pris un coup.

Elle fit claquer la couverture et fonça au dehors de la cabane, bousculant Théophane sur son passage, mais c'était trop tard.

— C'est génial ! J'ai toujours rêvé d'avoir un endroit de ce genre. Mais, tout seul, ce n'est pas drôle, de toute façon.

Il tournait le dos au mur d'ardoise et s'assit sur l'une des petites chaises.

— Très cosy, on perçoit la touche féminine dans la décoration.

Céleste, soucieuse de sortir le plus vite possible, haussa les épaules et répondit un peu sèchement.

— On a simplement récupéré de vieux trucs dont les parents ne voulaient plus.

Mais il ne sembla pas percevoir l'agacement dans la voix de la jeune fille.

— Et voyez-vous ça, dit-il en actionnant un interrupteur qui pendait du plafond, il y a même l'électricité.

Une ampoule s'alluma juste au-dessus de leurs têtes.

— Je pourrais peut-être vous bricoler un plafonnier solaire…

Il se leva pour suivre Céleste, mais un peu vite, et se cogna la tête.

— Ouille… Tu te rendras vite compte que je suis de loin le plus maladroit de ton entourage…

À ces mots, il se retourna pour voir à quoi il s'était heurté. Pressentant ce qui allait se produire, Céleste retint son souffle. Son voisin palpa ce qui aurait dû être le mur pour le commun des mortels, mais qui pour elle était la porte.

— Et on va où, par là ? Ça communique avec vos voisins de derrière ? s'étonna Théophane.

Elle dut se tenir au montant de la porte. Puis, voyant Basile et Anatole approcher au fil des passes, elle entra à nouveau et ferma promptement la porte du cabanon derrière elle.

— Tu… la vois ? s'exclama Céleste.

Théophane sourit de toutes ses dents.

— Évidemment !

Machinalement, il posa sa main sur la poignée heurtée quelques secondes plus tôt, et la tourna. Le tunnel sombre était toujours là, et quatre flambeaux espacés s'allumèrent instantanément.

Céleste ne réussit pas à détacher son regard de Théophane durant un long moment. Il ouvrait de grands yeux et se mit à secouer la tête de droite à gauche.

— Mais… Mais… Mais…

— Ne panique pas.

Céleste regrettait déjà ses paroles. Elle-même avait sacrément paniqué à plusieurs reprises et, si l'on était un tant soit peu normal, c'était la réaction à adopter en découvrant un tunnel sorti de nulle part.

— Mais… Mais… Mais…

La voix de Théophane était montée dans les aigus, ajoutant au côté surréaliste de l'ensemble.

— Je peux tout t'expliquer. Ça va être long, mais il y a une explication.

Il tourna la tête vers elle, toujours cramponné à la poignée.

— Rationnelle ? Ça m'étonnerait…

Des bruits de cavalcades leur parvinrent. Céleste poussa durement Théophane de côté et claqua la porte. Basile et Anatole passèrent leur tête une seconde plus tard par l'ouverture principale de la cabane.

— On se ferait pas un cache-cache ?

— J'ai encore le droit de rester vingt minutes, dit Basile.

Céleste tira son voisin par le bras pour le forcer à sortir.

— Excellente idée ! Je compte pour commencer !

Basile et Anatole filèrent et Céleste se plaqua contre un mur.

— Allez, va te cacher.

— Mais…

— Redis-moi encore un « mais », et c'est toi que je pile, que je concasse, que je…

— OK, OK, c'est bon, j'ai compris.

Vingt minutes et quatre parties plus tard, Basile prit congé. Il habitait à six maisons des Renoir, ce qui réjouissait Anatole.

— Bon, eh bien je vais y aller aussi.

Théophane traînait les pieds.

— J'espère que tu t'es bien amusé ? Céleste peut être un peu sauvage, quand elle veut… plaisanta leur mère.

Anna Renoir grimpait les escaliers tout en saluant Théophane.

— Tu es le bienvenu ici, en tout cas.

Céleste sauta sur l'occasion.

— Eh bien justement, il va revenir. Disons, demain

dix heures ? Et amène les croquis de tes inventions, là, ta moto électrique ou je ne sais plus quoi…

Perplexe, Théophane se laissa pousser vers la porte d'entrée.

— Ah ?

— Dix heures, OK ?

— Très bien…

Céleste referma la porte derrière lui, s'adossa au mur du vestibule et sourit. En acceptant son sort, elle avait visiblement précipité les événements.

Ils étaient trois, désormais, et la nouvelle recrue lui plaisait bien, à la réflexion.

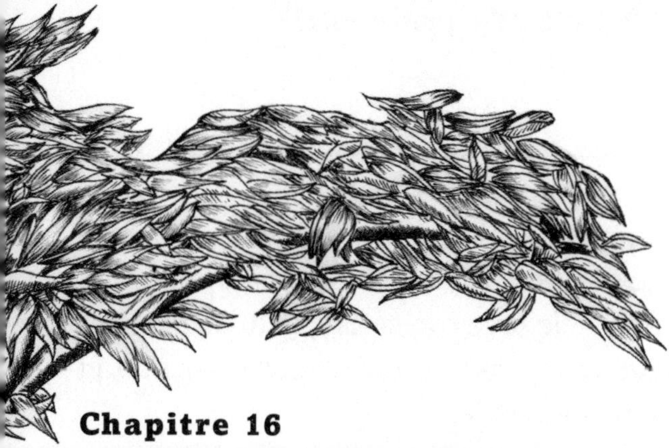

Chapitre 16

Inventions et prototypes

Céleste appréciait les longues soirées d'été. Ils traînaient en famille sur la terrasse après le repas, jouant dans la semi-obscurité et observant les guirlandes lumineuses colorées fraîchement installées. Elle profita du moment du coucher des deux petits pour murmurer à l'oreille de son frère.

— Sais-tu qui est le troisième Guide ?

Oubliant instantanément qu'il snobait sa sœur depuis quelques jours, Anatole se tourna vers elle et la suivit dans l'escalier en comprenant qu'elle ne lui dirait rien de plus avant qu'ils ne soient arrivés dans sa chambre.

Il referma la porte et l'assaillit de questions auxquelles elle opposa un silence revanchard, passant son pyjama puis gagnant la salle de bains pour faire sa toilette. Anatole battit en retraite, se prépara à aller se coucher lui aussi, descendit embrasser ses parents puis s'enroula dans sa couette en maugréant. Savourant sa vengeance, Céleste attendit que toute la maison soit baignée du bruit de la télévision pour entrer chez son frère.

— C'est pas sympa.

— Pas sympa ? Tu m'ignores depuis trois jours !

Anatole fit la moue et, tout en évitant le regard de sa sœur, repoussa sa couverture pour s'asseoir.

— Faut me comprendre, je bous d'impatience depuis l'autre jour. Et puis… c'est la Prophétie… expliqua Anatole.

— Te comprendre ? Je rêve ! Je crois que tu ne te rends pas compte de ce que représente ce qu'on nous demande, et surtout de ce qu'on me demande.

Anatole leva enfin les yeux. Il semblait désolé mais ne se départissait pas de cet air frondeur qui le caractérisait.

— Bon. OK, pardon.

— Ne t'avise plus de me refaire un coup pareil. Surtout maintenant.

Il plissa les yeux, à la recherche de la signification de ces derniers mots.

— Alors… Tu…

Céleste soupira et grimpa dans le lit cabane de son frère.

— De toute façon, je suis coincée. Et puis, en rencontrant Héliodore, Gonzague, Kyra et tous les autres…

Elle s'arrêta pour chercher ses mots, et reprit gravement, comme si verbaliser tout haut son engagement allait sceller sa promesse.

— Aller les voir, voyager dans le Livre, c'était déjà accepter, en fait.

Elle lui rapporta la discussion qu'elle avait eue avec son père, et qui lui avait permis de valider son engagement, puis l'arrivée propice de Théophane.

— Bon sang, c'est ce que je craignais : cet intello-là, dans son manoir ? Eh ben… On n'est pas sortis de l'auberge.

Céleste étouffa un petit rire, et gronda gentiment Anatole.

— Alors pour toi, il faudrait écouter la Prophétie quand ça nous arrange ?

La porte de la chambre, mal fermée, s'entrebâilla. Chubaka apparut et grimpa en deux temps, trois mouvements sur les genoux de Céleste. Il planta ses yeux dans ceux d'Anatole qui se mit à rougir.

— Oh ça va… souffla Anatole.

Il prit le chat dans ses bras :

— Et toi, arrête d'écouter aux portes…

Puis Céleste lui raconta comment leur voisin avait découvert la porte, le tunnel et distingué les flambeaux.

— J'ai bien cru qu'il allait faire une crise cardiaque. Je lui ai donné rendez-vous demain matin. Maman avait l'air ravie que je sympathise avec lui, je crois qu'elle s'inquiète pour moi…

Elle s'arrêta de parler, étreinte une nouvelle fois par la sensation d'angoisse que l'idée de la rentrée lui procurait. Anatole grattait la tête du chat.

— Et toi, Chubaka, tu en penses quoi du petit nouveau ?

Pour toute réponse, l'animal se roula en boule entre eux et se mit à ronronner.

Théophane de La Minaudière ne ferma pas l'œil de la nuit. Tournant et se retournant dans son lit sans parvenir à trouver le sommeil, il voulait à tout prix trouver une explication à ce qu'il avait vu la veille chez les Renoir. Sans doute cette porte menait-elle à une dépendance, ou bien alors existait-il un droit de passage qui menait chez les voisins de derrière. Mais, non, aucune de ces théories ne tenait debout. Théophane habitait la rue depuis assez longtemps pour connaître les configurations des terrains. Derrière le mur de la famille Renoir il y avait un jardin, et rien d'autre, d'ailleurs de chez lui il voyait des cerisiers dépasser. Et puis il y avait la lumière : il était certain d'avoir aperçu quelque chose s'allumer. Des flambeaux. Et, surtout, il se rappelait la lueur dans les yeux de Céleste, et son air, entre l'effarement et la peur, mais pas surpris.

D'ailleurs, à bien y réfléchir, le plus extraordinaire dans la journée de Théophane avait été la rencontre avec sa jeune voisine. La plupart du temps, il essuyait les moqueries de ses semblables. Tout au plus décidaient-ils de l'ignorer, mais Céleste – après un petit moment de flottement, il lui fallait bien l'avouer – avait entamé avec lui une discussion agréable.

Il se leva à sept heures, comme chaque jour de l'année, prit le petit déjeuner avec ses grands-parents, du thé, des œufs brouillés et un yaourt nature, puis, après avoir fait un brin de toilette, gravit l'échelle de meunier qui menait à son laboratoire.

Lorsque Théophane perdit ses parents alors qu'il avait à peine trois ans, il vint tout naturellement habiter avec ses grands-parents dans ce que l'ensemble des voisins avait coutume d'appeler « le manoir ». La maison, en fait plus proche de l'hôtel particulier que du château hanté, mais ainsi nommé à cause de sa toiture biscornue, avait eu presque l'ensemble des parcelles de la rue comme parc. L'entreprise des ancêtres de Théophane avait fait faillite, les contraignant à en vendre une partie en terrains à bâtir.

Le jeune garçon aux yeux noirs escalada sans peine les dix barreaux le menant à son espace. Il souleva la trappe et sauta sur le parquet, puis il prit soin de refermer derrière lui. Le grenier de sa maison lui était entièrement dédié. Très ordonné, Théophane avait installé dans un coin bien délimité tous ses appareils d'astronomie, télescopes, atlas et autres outils improbables. De l'autre côté, des rayonnages entiers de livres de toutes sortes, mais plus particulièrement de sciences, se dressaient sur un mur. Puis, dans un petit coin, les jouets habituels d'un enfant de treize ans, sollicités moins souvent qu'à leur tour.

Il voulait être seul pour réfléchir et surtout pour scruter le jardin de ses voisins à la jumelle, chose qu'il n'avait pas eu le temps de faire la veille. Au fond de lui, il savait que ce qu'il allait observer n'allait pas donner de réponse satisfaisante à ses interrogations, mais, en être pragmatique et logique, il ne pouvait se résoudre à imaginer autre chose. Et en même temps… En même temps, il rêvait d'aventure… et consulta sa montre pour la cent douzième fois de la matinée : encore deux heures à patienter avant de se rendre chez les Renoir. Un coup d'œil lui suffit pour s'assurer que le mur d'enceinte en ardoise ne faisait pas plus de quarante centimètres d'épaisseur.

Céleste lui avait demandé d'apporter les plans de ses dernières inventions. Il était conscient que la jeune fille le faisait venir pour tout autre chose, mais il se prit à rêver qu'elle pourrait tout de même montrer un semblant d'intérêt pour son ouvre-yaourt, son fameux colle-timbre automatique, ou encore pour la dernière en date : un hygromètre de poche, très utile pour connaître en toute occasion le degré d'humidité de l'air. Pour patienter, il compléta l'intégralité d'annales niveau première scientifique, termina un livre et exécuta ses exercices de guitare. Il fallait que l'heure du rendez-vous arrive, et vite, ou il allait apprendre le mandarin.

Chapitre 17

Théophane

C'est dans un silence gêné que Céleste accueillit Théophane. Sa mère avait ouvert en grand la porte d'entrée et félicité le jeune homme pour sa tenue impeccable. Pour l'occasion, celui-ci avait revêtu une veste beige, en plus de son éternel bermuda/chemisette/gilet. Très solennellement, il accepta l'invitation à découvrir les chambres à l'étage, et nota, un peu perturbé, qu'Anatole se joignait à eux.

Lorsqu'il fut arrivé en haut de l'escalier, il suivit Céleste jusqu'à sa chambre, mais une fois entré, il resta planté près de la porte, une pochette à la main, contenant les croquis de ses inventions.

— Je n'ai pris que les derniers, balbutia-t-il en fixant ses chaussures.

Anatole s'était assis au bureau de sa sœur et griffonnait des silhouettes de dragons, d'un air peu concerné. En réalité, il avait insisté pour être présent et accepté de mauvaise grâce de laisser Céleste présenter les faits à leur futur comparse.

« En douceur », avait-elle souligné un peu plus tôt. Comme si lui-même n'en était pas capable…

— Super… Je serais ravie que tu m'expliques… Euh… Tout ça.

— Je pense avoir terminé dans peu de temps l'amplificateur de bain moussant, mais le dernier prototype a pris l'eau assez bêtement, pour être honnête, une sombre histoire de joint mal calibré.

— Ah…

— Et l'autre jour j'ai pensé à un extracteur de jus de pomme portatif, mais il faut que je prenne le temps d'y réfléchir plus précisément.

— Pour tout te dire, je t'ai demandé de venir pour autre chose, dit Céleste. J'imagine que tu n'as pas oublié ce que tu as vu… hier soir… dans la cabane.

— Le tunnel ! intervint Anatole, ayant visiblement déjà épuisé son stock de patience.

— Anatole !

— Oh… Ça va… Tout ça parce que madame est l'« Élue »…

— Tu ne vas pas commencer !

Théophane n'avait pas bougé d'un cil. La pochette à la main, il se tenait droit comme un i et seuls ses yeux passaient successivement de Céleste à Anatole, au gré de leurs échanges. Puis il se sentit soudain extrêmement mal à l'aise. Il avait été tant de fois victime de mauvaises blagues qu'il se mit à paniquer. Et si toute cette histoire n'était qu'une grosse farce destinée à le tourner en ridicule ? Une plaisanterie montée par le frère et la sœur ?

— Je… Je crois que je vais vous laisser, dit Théophane.

Il sentit venir l'un des accès de panique auxquels il était en proie de temps à autre, se retourna et attrapa la clenche, prêt à bondir hors de la pièce.

— NON !!! hurlèrent Anatole et Céleste.

Ils avaient crié simultanément. Théophane sursauta, sa main toujours cramponnée à la poignée. Céleste se rapprocha alors de lui, tendit une main tremblante qu'elle posa sur son épaule. Timidement d'abord, puis plus fermement.

— Écoute… Même si tu dois déjà être persuadé du contraire, je t'assure qu'on n'est pas fous. Enfin, pas complètement.

Anatole pouffa.

— En ce qui te concerne, ma vieille, ça reste encore à prouver.

Céleste le fusilla du regard, et son ricanement se réduisit au silence. Théophane lâcha la poignée d'un geste las et se retourna, toujours tête baissée. Elle le força à la regarder dans les yeux.

— Allez, viens. On s'y prend comme des manches. Je crois que le plus simple, c'est encore que nous allions sur place.

Sans attendre le feu vert de Théophane, Céleste ouvrit la porte, bien décidée à le traîner à la cabane. Elle s'apprêtait à insister quand elle constata qu'il la suivait. Anatole fermait le bal. Ils traversèrent le salon jonché des Lego et des cubes de Gaspard, enjambèrent la dînette de Joséphine sur la terrasse, saluèrent leur père en train de désherber dans un coin tandis que leur mère arrosait un parterre.

Céleste attendit qu'ils soient tous trois côte à côte avant d'ouvrir la porte de la cabane. Anatole lui fit un signe de la tête comme pour lui assurer qu'il était prêt, et elle entra la première. Elle se planta devant la porte de bois.

— À partir de maintenant, tu n'as pas d'autre choix que de croire sur parole tout ce que je vais te dire.

Théophane serrait les lèvres ; il n'était pas encore tout à fait sûr de la sincérité de ses voisins. Il fixa un long moment la porte, puis regarda tour à tour Céleste et Anatole par-dessus la monture de ses lunettes avant de répondre.

— Compris.

Elle inspira profondément :

— C'est parti.

— Comment dit-on, déjà ? Un petit tour vaut mieux qu'un long discours ? continua Anatole.

Il entreprit de tourner la poignée et Chubaka déboula au même moment, se faufilant entre leurs jambes pour pénétrer dans le tunnel. Soucieuse de ne pas se faire prendre par leurs parents, Céleste poussa Théophane qui restait désespérément statique.

— Vite !

Elle claqua la porte derrière eux. Les flambeaux s'allumèrent sur toute la longueur visible du boyau de terre. Elle regarda Théophane en souriant, mais se rendit compte qu'il ne paraissait ni surpris ni effrayé. Il avait l'air uniquement suspicieux. Elle lui prit la main et il eut un mouvement de recul.

— Je voudrais te présenter quelqu'un. Gonzague ?

Chubaka avait une bonne longueur d'avance sur eux. Il stoppa net en entendant son nom, fit volte-face, se transforma et revint sur ses pas tranquillement, désormais sous sa forme gudruthienne. Il fit un semblant de révérence avant de s'éclaircir la voix.

— Bonjour, Théophane. Je m'appelle Gonzague et j'ai été désigné par les miens pour faire le lien entre nos deux mondes.

C'est à ce moment-là que Théophane paniqua réellement.

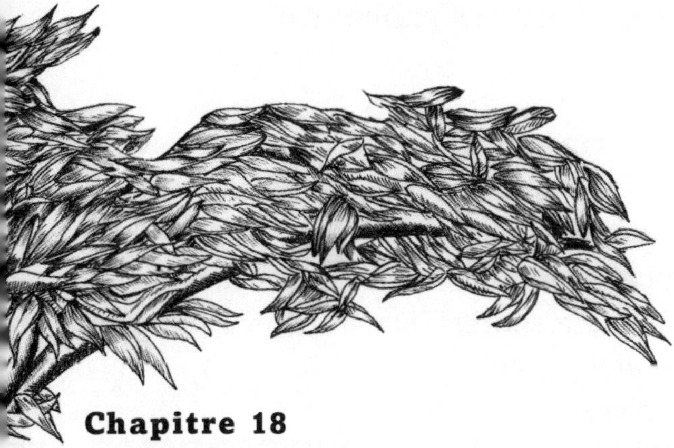

Chapitre 18

L'Arbronum

— Les gâteaux sont incroyables, c'est vrai. Mais franchement, votre thé, n'insistez pas : je persiste à dire qu'il a un goût atroce.

Anatole postillonnait des miettes à un mètre à la ronde.

— Vous auriez une boîte ou quelque chose pour que j'en rapporte chez moi ?

— Impossible. Et puis ce serait très mauvais pour ta ligne.

Gonzague, impassible, sirotait sa tasse.

— Eh bien moi, tout cela me manque. Des croquettes, des croquettes, toujours des croquettes… Et puis tout ce lait ! Je vous assure, ça me cause des ballonnements très désagréables, râla Gonzague.

Lorsque Théophane reprit possession de ses moyens, il observa en détail l'environnement : il était installé sur une banquette à fleurs. Il aperçut Céleste en train de converser avec une bête grise et ridée. Des touffes de poils jaillissaient singulièrement de ses oreilles. Et puis il vit l'autre, la créature qui s'était transformée sous ses yeux, celle qui, l'instant d'avant, n'était encore qu'un adorable chaton tigré.

— Il s'est réveillé ! cria Anatole.

Anatole courut à son chevet, et il regretta de ne pas avoir eu le temps d'observer plus ce qui l'entourait à la dérobée. La plus vieille créature se tourna vers lui et s'avança, suivie de Céleste. Cette dernière souriait, apparemment soulagée de le voir reprendre des couleurs.

— Tu te sens mieux ?

— Tout va bien.

— Oh… Théophane… J'ai été nulle, archi-nulle… Je n'aurais pas pu m'y prendre plus mal.

— Il faudra qu'on s'en souvienne lorsqu'on trouvera le quatrième, dit Anatole.

— Vraiment, je suis désolée.

Elle se pencha sur lui et l'entoura de ses bras. Théophane se sentit rougir jusqu'à la racine des cheveux.

Il y eut un long silence avant qu'Héliodore ne prenne les choses en main. Il fit asseoir Théophane près de lui en se présentant tranquillement. Il lui offrit à boire, proposant même l'alternative du chocolat chaud, et exposa lentement les faits.

Durant près d'une demi-heure, Héliodore expliqua la succession d'événements qui avait pour effet de le conduire jusqu'à eux. Et ce n'est qu'à la trente et unième minute que Théophane réussit à articuler un petit, mais audible :

— Comment ?

— Attends, tu plaisantes… On va pas tout reprendre depuis le début !

Anatole engloutit un sablé de plus avant de se tapoter le ventre.

— Faudrait au moins me donner la recette, ce serait sympa.

— Mais… Comment vous croire ? demanda Théophane.

Le jeune garçon scrutait les moindres recoins de la pièce, conscient que tout cela n'était ni un rêve ni un cauchemar.

— J'ai… tellement de questions…

Céleste décida de laisser Théophane en tête à tête avec Héliodore. Il avait su trouver les mots avec elle, il en irait sûrement de même avec lui. Elle en profita pour accaparer Gonzague. Sous sa forme de chat, il lui était impossible de communiquer autrement que par des gestes, elle voulait se rattraper. Elle aussi avait une tonne de questions en suspens.

— Dis-moi, Gonzague, c'est quoi au juste l'utilité de cet appareil ?

L'Arbronum prenait tout un pan de mur. En or massif, il brillait tant que certains des opérateurs portaient des protections pareilles à des lunettes de soleil.

Gonzague prit Céleste et Anatole par le bras. Ce geste les surprit tous deux ; le Gudruth à la queue tigrée, malgré ses réflexions assassines et son attitude parfois hautaine, éprouvait de l'affection pour les enfants. Il adorait se rendre utile et montrer l'étendue de ses connaissances.

— C'est un élément essentiel de l'Arbre. C'est d'ailleurs pour cette raison qu'il se trouve ici, car quoi que vous pensiez, c'est l'un des endroits les mieux gardés de l'Arbre. Vous pouvez y accéder uniquement par le biais du médaillon. Sinon, très peu d'individus peuvent se rendre ici.

Céleste se retint de demander comment Kyra avait pu entrer en douce quelques jours plus tôt.

— Pour en revenir à ta question, l'Arbronum, c'est un peu le carnet de santé de l'Arbre. Il nous indique les secteurs à problème, aussi bien mécanique – une branche fissurée, une parasitose débutante – que les ennuis d'ordre, comment dire, liés aux individus.

— Comment ça ? interrogea Céleste.

— À dire vrai, les rapports entre les Gudruths sont généralement assez courtois, expliqua Gonzague. Par contre, entre les Géants, les Kalloks, les ours polaires et les ethnies de chaque monde, et tout ça sans parler des insectes, il est des affaires à régler avant que cela ne dégénère vraiment. L'Arbronum sert donc à détecter les tensions, et nous permet d'envoyer fissa des Émissaires sur place, si les Régulateurs déjà présents ne parviennent pas à résoudre les conflits.

Céleste détailla l'imposant dispositif couvert de diodes colorées et de petits écrans.

— Vous avez des caméras ?

— Non. Ce sont des dispositifs qui nous permettent de communiquer en direct avec les Régulateurs. Mais la plupart du temps nous employons avec eux le Mentalisme.

Il avait annoncé cela comme s'il n'y avait rien de plus évident.

— Mais bien sûr, commenta Anatole.

— Et si ça dégénère, des Émissaires célérisent sur place, ajouta Gonzague.

Céleste se souvint alors que le Livre avait employé ce terme.

— Ils « célérisent » ?

— Tout à fait.

Puis, réalisant qu'elle ne pouvait avoir saisi, il reprit :

— Ils se dématérialisent – disparaissent, en quelque sorte – pour réapparaître dans un autre endroit. Les particules de leur corps voyagent donc à toute vitesse, d'où le terme « célériser ».

Gonzague mima des guillemets avec ses longs doigts gris, ce qui fit pouffer Anatole.

— Très peu de personnes sont habilitées à faire cela, il faut un permis et c'est extrêmement physique.

— Les Émissaires ? demanda Anatole.

— Oui... Ils ne sont que cinq dans tout l'Arbre.

Gonzague avait répondu à voix basse, un peu gêné. Céleste garda pour elle les dires du Livre. Elle en était certaine, il lui avait annoncé qu'elle célériserait. Elle se retourna pour s'assurer que tout se passait bien pour Théophane. Assis près d'Héliodore, il hochait la tête par moments et semblait boire ses paroles. Il avait l'air encore plus sérieux qu'à son habitude. Quelque chose dans sa présence la rassurait. Elle était heureuse de partager leur secret avec une personne de plus.

— Bagarre de limaces ! Bagarre de limaces !

Un Gudruth affecté à l'Arbronum s'anima en scrutant une image particulièrement nette.

— Encore avec Tensor ! Il va falloir faire quelque chose, râla Gonzague.

— Code écarlate, je répète, code écarlate ! reprit le Gudruth qui surveillait l'Arbronum.

Un voyant se mit à clignoter en rouge puis la couleur vira au noir.

Céleste réalisa à cet instant qu'un Gudruth un peu différent des autres restait constamment assis près de l'Arbronum. Contrairement à ses congénères, il avait de courtes antennes sur le sommet du crâne et semblait dormir. En entendant le nom « Tensor », il ouvrit les yeux et se redressa. Il tourna légèrement le visage vers elle tout en consultant des données sur l'Arbronum, et elle découvrit que son visage avait quelque chose de différent. Ses yeux étaient plus grands, pareils à des globes.

— Ça ne peut plus durer, murmura-t-il.

Céleste comprit ce qui l'avait interpellée chez ce Gudruth : il avait une bosse dans le dos. Il se leva tout à fait et déploya de longues ailes en un clin d'œil. La seconde d'après, il avait disparu dans une mosaïque d'images. Un léger brouhaha gagna la pièce, et rapidement les Gudruths reprirent leur activité normale.

— Mais…

— Nom d'un sablé trop cuit, qu'est-ce que c'est que cette histoire ? cria Anatole.

— Eh bien… Léandore vient de célériser.

Gonzague rayonnait, fier de prouver l'étendue des possibilités de son peuple.

— C'était un…

— Émissaire ? termina Anatole.

— Exactement.

— La classe ! Célériser, ça le fait !

Héliodore et Théophane s'étaient entre-temps approchés.

— Léandore est allé sur place ?

Gonzague hocha la tête. Héliodore avait l'air soucieux.

— Ce scarabée cause trop de problèmes. Je ne pense pas que ce soit un mauvais bougre, pourtant.

— Peu importe, siffla Gonzague, on ne peut tolérer de tels agissements, surtout en ce moment.

Céleste eut une pensée pour le scarabée en question. Tensor. L'Arbre, comme toutes les sociétés, avait ses codes et ses règles. Elle se demanda s'il y avait des prisons, des commissariats, en dehors des Entrailles qui avaient l'air réservées aux créatures irrécupérables. Elle prit la main de Théophane, il semblait perdu et dévorait des yeux l'Arbronum.

— Ça va ?

— Ça pourrait être pire, dit-il doucement. C'est… vraiment incroyable.

— Je sais…

— Je suis vraiment content d'être là.

— Ah oui ?

Il se tourna vers elle et planta ses yeux noirs dans les siens.

— J'ai toujours rêvé… Enfin, non… Je n'aurais jamais osé rêver qu'on puisse avoir besoin de moi.

Puis il se rapprocha de l'Arbronum et écouta les explications de Gonzague avec attention aux côtés d'Anatole. Céleste en profita pour accaparer Héliodore.

— Tout se met en place, c'est ça ?

— Oui, Céleste. Hier, tu as dû prendre ta décision, et tout s'enchaîne…

— C'est fou. J'étais dans mon jardin, je venais… Oui, je venais de décider d'accepter… et Théophane a déboulé quelques instants plus tard.

Héliodore sourit.

— Toutes les actions, toutes les pensées, quelles qu'elles soient, ont des répercussions. Dans tout l'Arbre.

— Ça a un côté effrayant.

— Mais ça ne veut pas dire pour autant qu'il faille surveiller tous nos faits et gestes, non… Bien au contraire, nous apprenons de nos erreurs et c'est ainsi qu'il faut voir les choses, et nous fier aussi à notre instinct.

Il perçut le trouble de la jeune fille et posa une main sur son front.

— Fais-toi confiance.

Céleste eut l'impression d'avoir été électrocutée. Elle vibra et des flashs se succédèrent dans son champ de vision. Elle se vit bébé, pleurant après avoir heurté un trottoir ; radieuse après sa première traversée de parc à vélo sans stabilisateurs ; heureuse après ses cours de guitare ; en pleurs lors de leur déménagement... L'histoire de ses émotions en quelques secondes. Elle sentit qu'Héliodore éloignait sa main et resta pantelante.

— La vie n'est pas un long fleuve tranquille. Ce qui vous attend encore moins, mais il ne faut pas appréhender avant de se retrouver face à l'obstacle. Et même alors, toujours il te faudra prendre de la hauteur.

Derrière eux, dans un tourbillon de feuilles, Léandore réapparut. Il paraissait exténué et, soucieux de ne pas le montrer, s'appuya au dossier d'une chaise.

— Gonzague vous a expliqué que Léandore était un Émissaire ?

— Oui... Mais il est différent. Différent de vous autres. C'est un...

— Un Évolu. Son histoire est assez particulière, il est issu en plus de deux espèces : son père était un Gudruth et sa mère une libellule évolue.

Céleste allait de surprise en surprise. Comment ces mondes si riches, si foisonnants, pouvaient-ils avoir besoin d'humains si tristement banals. Héliodore sourit et Céleste se demanda s'il pouvait lire dans ses pensées :

— Vous êtes pleins de ressources, mais vous ne le savez pas. Vous n'exploitez qu'un centième de vos capacités. Je te le répète, Céleste, fais-toi confiance.

Chapitre 19

Les Cristalomes

Céleste était ravie de retourner à Pérythènes. Lors de son premier passage, elle n'avait su où donner de la tête. Cette fois-ci, elle prit le temps de scruter les étals des marchands, de dénombrer tous les insectes qui vivaient là en symbiose, chacun affairé à la tâche qui lui était attribuée. Théophane, pour qui cette excursion était une grande première, se remettait à peine de son vol à dos de scarabée. Il était blanc comme un linge et avançait comme un zombie derrière un Anatole qui jouait les habitués.

Au détour d'une ruelle où des pucerons vendaient de la glu et du fil de cocon, celui-ci se mit à rire.

— Qui peut bien avoir besoin de ça ?

Gonzague fronça les sourcils et entama une leçon de morale à l'intention du jeune garçon.

— Non mais entendez-vous ça ! Si tu savais ce qu'on peut faire avec de la glu de puceron ! Et tu serais surpris de connaître le nombre de fois où on a recours à la bave d'escargot. Et tout ça sans compter que celle de limaces est utilisée dans beaucoup de nos recettes !

— Pouahhh ! Mais c'est immonde !

Héliodore rit sous cape.

— C'est vrai ? lui demanda Céleste en douce.

— Oui, c'est tout à fait vrai. Mais ce n'est pas ce qui me fait rire. J'ai cru deviner à plusieurs reprises que ton frère avait une aversion pour tout ce qui est gluant, et mon petit doigt me dit qu'il pourrait bien être surpris. J'ai d'ailleurs bien envie de tenter une petite expérience.

Il se glissa tout près d'Anatole et lui prit le bras. Céleste fut soufflée par la vitesse avec laquelle il s'était déplacé, comme s'il flottait dans l'espace. Héliodore, l'air de rien, attira Anatole vers le stand des pucerons.

— Mon ami… Je voudrais que tu les rencontres. Sans eux et sans la substance qu'ils produisent, nous ne serions pas grand-chose.

— Euh… Ça ne m'intéresse pas du tout, en fait…

Céleste avait envie de rire. Anatole freinait des quatre fers, mais Héliodore n'avait aucun mal pour le traîner à sa suite. Il salua un insecte un peu plus petit qu'eux, d'un vert pimpant.

— Bonjour à toi, hémiptère. Nous allons prendre un godet de cette hémolymphe, s'il te plaît, dit Héliodore en désignant une substance jaune et gluante.

Impressionné d'avoir affaire à Héliodore en personne, le puceron tenta une drôle de courbette. Il se redressa bien vite et emplit un petit verre translucide d'une substance visqueuse.

— Mettez-m'en deux, s'il vous plaît. Grand merci à vous, dit Héliodore en penchant légèrement la tête pour appuyer ses propos.

Il but une partie du premier verre, se tourna ensuite vers Anatole en lui tendant le second.

— Tu veux goûter ?

Anatole eut une moue de dégoût et se mit à secouer vivement la tête de gauche à droite.

— Hors de question !

Héliodore profita de cet instant pour lui plonger l'index dans la glu transparente.

— Mais… Mais… Eurk !!!

Tout s'enchaîna très vite. Céleste aurait eu du mal à préciser ce qui l'amusait le plus : le visage extatique d'Héliodore ? L'air stupéfait de Gonzague, de Théophane et du puceron ? Ou encore la mine épouvantée de son frère… Lorsque Anatole avait commencé à secouer son doigt pour le sortir de la substance, de fins filaments avaient jailli de toute part, créant un désordre épouvantable dans un rayon de dix mètres autour d'eux. Céleste reçut d'ailleurs un fil sur le front et eut l'impression d'avoir affaire à une toile d'araignée géante.

— Je le savais ! cria Héliodore, visiblement ravi.

— Épatant, souffla Gonzague en se tapotant la lèvre d'un air songeur.

— Enlevez-moi ça ! hurlait Anatole en proie à une grande panique.

Les passants avaient déjà commencé à rassembler les fils en un gros tas blanchâtre. Puis tous se tournèrent vers le garçon en joignant leurs mains, comme s'ils priaient. Ils souriaient et, plus ils souriaient, plus Anatole rougissait.

— Partons d'ici tout de suite… supplia-t-il.

Céleste eut pitié de son frère et vint à sa rescousse. Un seul signe d'Héliodore suffit à faire reprendre le cours normal des choses. Il passa à nouveau son bras sous celui d'Anatole.

— Mon cher petit, j'ai le plaisir de t'apprendre que tu pourras développer le pouvoir des substances. Tu es un Englueur.

Il avait annoncé cela comme s'il était heureux d'apprendre à quelqu'un qu'il avait gagné le gros lot à la loterie de l'Arbre cosmique.

— Un « Englueur » ?

Anatole regardait encore les quelques traces d'hémolymphe sur son doigt, mais n'osait plus bouger la main. Gonzague lui tendit une feuille pour s'essuyer.

— Certains d'entre vous auront la chance de développer des pouvoirs. On ne peut jamais savoir ni décider de quel type ils seront, mais quand j'ai vu Anatole pour la première fois, j'avoue que j'y ai songé tout de suite.

— Oh… non… Pas moi… Tout, mais pas ça…

Céleste avait du mal à saisir. Quant à Théophane, il semblait émerveillé.

— Je ne comprends pas, Héliodore.

— À son contact, les substances gluantes ou visqueuses végétales se transforment. Bon, il est clair qu'il va devoir s'entraîner… expliqua le Gudruth.

— Oh non… grogna Anatole.

— … maîtriser sa puissance, mais c'est une chance incommensurable !

— Tu parles…

— Pense à tout ce que tu vas pouvoir utiliser : la sève, la rosée, les mucus des insectes, assura Héliodore.

— Quelle veine tu as, murmura Théophane.

Anatole eut un haut-le-cœur un peu plus intense que les précédents et dut se faire violence pour ne pas rendre les dizaines de sablés qu'il avait engloutis depuis leur arrivée. Héliodore haussa les sourcils.

— Bon, je crois que nous en reparlerons plus tard, mais sache que dans quelque temps cette perspective t'enchantera.

— Alors ça, ça m'étonnerait.

— Et moi ? Quel pouvoir ai-je ?

Théophane scrutait avec attention le visage du vieux Gudruth. Celui-ci se mordit la lèvre inférieure et plissa le nez.

— Je ne suis pas sûr encore. J'ai bien une petite idée, mais je préfère attendre avant de me prononcer. Je ne voudrais pas te donner de faux espoirs.

Héliodore regarda ensuite rapidement Céleste, entrouvrit la bouche puis se détourna tout aussi vite.

— Et pour moi ? demanda Céleste.

Il mit quelques secondes avant de la regarder. Une ombre passa sur son visage.

— Je ne sais pas, ma chère amie. Il est très délicat de se prononcer. Pour l'instant, je ne vois rien de fixe.

Céleste commençait à cerner la personnalité d'Héliodore, et elle était à peu près certaine qu'il ne disait pas toute la vérité. Avait-il perçu qu'elle n'aurait pas de pouvoir du même genre que son frère ou bien qu'il s'agissait d'un pouvoir étrange ? Elle se sentit légèrement mal à l'aise et préféra ne pas insister. Apparemment désireux de ne pas s'épancher sur le sujet, Héliodore se remit à avancer. Il avait prévu de présenter Théophane au Livre. Céleste avait été enchantée par la proposition, elle avait encore tant de questions à poser, et Héliodore bottait le plus souvent en touche lorsqu'elle demandait des précisions se rapportant à ce qu'elle avait vu lors de son passage dans les souvenirs du Livre. C'était tout particulièrement des explications sur ce qu'elle avait vu au cours de la création de l'Arbre qu'elle souhaitait avoir.

Quittant l'échoppe à regret, Céleste vit Théophane ouvrir sa poche, en sortir une boîte et verser un peu de substance dedans. Toujours prêt à tenter des expériences… Tout comme eux quelques jours plus tôt, il poussa un cri en arrivant sur la place de la bibliothèque. Le carré enneigé de la place était immaculé et les abords tout aussi tranquilles que la première fois.

— Toute cette neige… Ça n'a pas de sens. Il fait si doux.

Théophane était prêt à intégrer tout un tas de faits étonnants, cependant il bloquait sur tout ce qui ne tenait pas scientifiquement. Anatole lui donna une tape dans le dos pour qu'il recommence à marcher. Il fit deux pas dans la neige et constata, ébahi, que la première trace avait déjà disparu.

— Non, non. Ça ne tient pas debout, je regrette…

Héliodore posa une main sur son épaule.

— Fie-toi à tes sens et ne t'en remets pas sans cesse à la science.

Le jeune garçon le regarda comme s'il était devenu fou.

— Laisser la science de côté ? Mais… C'est toute ma vie !

Le Gudruth lui adressa un sourire plein de compassion.

— Je ne te demande pas de renier ce à quoi tu crois, seulement, ici, il faut que tu te laisses un minimum porter par ton instinct. Et devant toi s'étendra l'étendue des possibles.

Tout à fait perplexe, Théophane n'ajouta rien et se mit à suivre Héliodore en prenant garde de ne plus regarder les traces de pas fantomatiques. Sur le perron, il ne cacha pas son admiration pour l'édifice. Héliodore s'agenouilla, écarta les bras et courba l'échine jusqu'à ce que les lourdes et monumentales portes pivotent sur leurs gonds. À l'intérieur, les cloisons et objets tout faits de livres et de stylos achevèrent d'impressionner le nouveau Guide.

— Rappelez-vous. C'est un lieu sacré pour nous, je vous demande de ne parler que si le Livre vous y invite. Rien ne doit troubler sa concentration.

Ils cheminèrent jusqu'à la Grande Salle dans le silence le plus total. La paroi de verre protégeant les lieux se dématérialisa aussitôt qu'ils s'en approchèrent, comme s'ils étaient impatiemment attendus. Au premier coup d'œil, Céleste sut que quelque chose n'allait pas. Elle se rappela les paroles d'Héliodore après son voyage dans les souvenirs du Livre. Elle s'était sentie exténuée, et le Livre lui-même avait puisé plus que de mesure dans son énergie pour lui montrer un aperçu complet des mondes.

Celui-ci était plus petit que la première fois, sa couverture était plus brune et l'un des coins était fort corné.

— Oh non…

Ça avait été plus fort qu'elle : elle souffrait pour celui qui s'était montré si prévenant et attentionné. Puis, se tournant vers Gonzague et Héliodore toute penaude, elle murmura :

— Je suis désolée, je…

Le Livre se mit à bouger sur le lutrin. Il s'ouvrit aussitôt à une page centrale, déjà griffonnée, puis les images et les lettres défilèrent à toute vitesse pour s'arrêter à une page vierge, et deux phrases se formèrent.

« Bonjour, Céleste. Bonjour à tous. »

Héliodore parut soulagé et Céleste se demanda si le Livre s'était déjà mis en colère par le passé.

— Bonjour, très cher Livre. J'espère que… vous allez bien, demanda Héliodore.

« Ne vous inquiétez pas pour moi, je suis solide. Mais ne perdons pas de temps, nous avons d'autres pucerons à fouetter. »

Héliodore réprima un sourire et Gonzague pouffa dans la manche de sa tunique. Théophane, dans son coin, restait bouche bée, une fois de plus décontenancé par toutes les choses absolument incompréhensibles auxquelles il devait faire face et qu'il n'avait d'autre choix que d'admettre.

« Faites approcher le nouveau Guide. »

Gonzague poussa doucement Théophane devant lui et, bêtement, le jeune garçon adressa un sourire maladroit au Livre, comme si on lui présentait une vieille tante un peu malade.

« Bonjour, Théophane, je suis ravi de te rencontrer. Je sens beaucoup de force en toi : vous vous complétez tous les trois admirablement bien. »

Théophane inclina la tête en guise de réponse.

Héliodore se racla la gorge et hésita un instant avant de se lancer.

— Cher Livre, nous n'avons pas réglé le problème du passage. Seule Céleste a un médaillon, et je dois vous faire part de ce que le Conseil a suggéré hier soir.

Le Gudruth s'arrêta de parler quelques secondes, jeta un bref coup d'œil à Céleste puis fixa le bout de ses chaussures pointues.

— Ils doivent pouvoir entrer et sortir tous les trois et bientôt tous les quatre, indépendamment les uns des autres…

Céleste déglutit avec peine. Héliodore sous-entendait qu'il fallait un moyen à chacun de pénétrer dans le tunnel…

Si jamais il lui arrivait quelque chose. Les lettres des phrases précédentes s'effacèrent, puis, durant un temps qui parut durer une éternité, rien ne se produisit. Héliodore se dandinait, et Gonzague observait le plafond avec une attention étonnante.

« C'est tout à fait normal que vous vous inquiétiez. Des heures sombres attendent l'Arbre, je le sens. Ceci sera donc bien plus pratique et moins risqué à perdre qu'un pendentif. »

Soudain, un mal de tête atroce prit possession de Céleste, elle eut juste le temps de voir Anatole tomber en arrière et Théophane vaciller avant de perdre elle-même connaissance. Cependant, même dans son état, elle continua d'entendre ce qui se passait autour d'elle. Elle pouvait percevoir les paroles des Gudruths, mais sans plus lire les réponses du Livre.

— Nom d'une limace velue, vous n'y pensez pas ! lança Gonzague.

— Gonzague ! Maîtrise-toi, veux-tu !

— C'est beaucoup trop risqué, on ne peut plus revenir en arrière ! insista le Gudruth-chat.

Un silence indiqua à Céleste que le Livre répondait quelque chose.

— Mais enfin, je persiste, cher Livre. On pouvait leur retirer le médaillon à tout moment ! Maintenant…

— Ça suffit, Gonzague !

Céleste ressentit une très vive douleur dans le bras. Un instant, toujours incapable d'ouvrir les yeux, elle pensa qu'on le lui avait coupé. Elle se concentra pour mobiliser toute son énergie, elle voulait voir Anatole, s'assurer qu'il respirait et qu'il allait bien. Elle focalisa tout son esprit sur cette pensée et, subitement, c'est son propre corps qu'elle distingua. Vu d'en haut.

Son esprit s'était détaché de son enveloppe corporelle et elle eut la sensation d'être collée au plafond sans que ni Gonzague ni Héliodore ne soupçonne la chose. Céleste observa son frère et Théophane ; ils semblaient profondément endormis. Ensuite seulement elle s'examina. Son bras douloureux n'avait rien d'anormal et, à bien y réfléchir, elle n'avait plus mal. Elle était détachée de toute considération physique, c'était à la fois une sensation effrayante et merveilleuse.

Alors elle se focalisa sur les Gudruths : Gonzague s'énervait, il n'arrivait apparemment pas à admettre quelque chose. Héliodore paraissait beaucoup plus serein. Toujours empreint de sagesse, il essayait de calmer son congénère.

— Non, je ne peux pas admettre ça, les autres membres du Conseil vont être furieux ! Avec tout le respect que je vous dois, bien sûr, s'emporta Gonzague.

— Gonzague, calme-toi. Ne laisse pas tes sentiments prendre le dessus, coupa Héliodore.

Céleste scruta le Livre et distingua sept mots.

« Nous pouvons nous en remettre à eux. »

La ligne s'effaça, et deux points ainsi qu'une parenthèse renversée se tracèrent, formant un smiley souriant. Le Livre tentait apparemment de faire acte de modernité. S'en suivit une inscription étonnante :

« N'est-ce pas, Céleste ? »

Elle paniqua, se sentant démasquée. Les Gudruths n'avaient rien remarqué, mais rien ne semblait échapper au Livre. Céleste se sentit idiote. Bien entendu, que rien ne lui échappait : il contrôlait tout. Héliodore et Gonzague se retournèrent et observèrent le corps de Céleste qui gisait toujours au sol. Gonzague regarda ensuite tout autour de lui, interdit, et Héliodore, quant à lui, jeta un bref coup d'œil au plafond, puis baissa aussitôt les yeux.

— Occupons-nous d'eux maintenant.

Il s'avança vers Anatole, sortit une fiole de sous sa tunique, enleva un bouchon de liège et passa le tube sous son nez. Presque aussitôt, Anatole remua les jambes puis les bras, il se mit à tousser, se redressa en ouvrant les yeux et porta sa main droite à son bras gauche en criant.

— Aïe ! Mais qu'est-ce que vous nous avez fait ?

À son tour, Théophane reprit connaissance, à peu près dans les mêmes conditions. Il réajusta ses lunettes sur le bout de son nez et se palpa l'aisselle en poussant des grognements.

Puis l'esprit de Céleste vit Héliodore s'approcher de sa propre enveloppe. Il jeta un bref regard au plafond comme s'il la cherchait, sourit, puis passa la fiole sous son nez. Elle eut la sensation de dégringoler, de se casser la figure sur son propre corps. Une odeur aillée chatouilla ses narines et elle se redressa en toussant à son tour, ne faisant à nouveau plus qu'un avec son enveloppe. Désorientée et un brin rassurée d'être revenue à la normale, elle ne put apprécier la sensation qu'un court instant avant de percevoir une douleur épouvantable au creux de son aisselle gauche.

— Hé ! hurla-t-elle.

— Gonzague, passe-moi des feuilles de sentosol.

Le Gudruth à la queue tigrée sortit d'une poche un étui de cuir. Il en extirpa trois petites feuilles jaunes toutes sèches. D'autorité, il en enfourna une dans la bouche de la jeune fille et fit de même avec les deux jeunes Guides.

— Mâchez, conseilla Héliodore.

L'effet fut immédiat. La douleur disparut instantanément, reléguée au rang de mauvais souvenir. Céleste, sur ses gardes, n'attendit pas pour remonter son tee-shirt et observer son bras. D'abord elle ne remarqua rien, scrutant pourtant chaque parcelle de son bras et de son avant-bras.

— Dans l'aisselle ! cria Théophane qui s'examinait également sous toutes les coutures.

Elle avisa alors son aisselle et distingua la chose, minuscule et enfouie dans sa chair. Elle brillait.

— C'est un Cristalome, expliqua Héliodore.

— Je sais pas ce que c'est, s'exclama Anatole, mais vous allez m'enlever ça tout de suite !

Il essayait de presser sur la peau avoisinante pour faire jaillir le petit morceau.

— Tu ne pourras pas l'enlever, annonça Gonzague d'une voix blanche.

Céleste interrogea du regard Héliodore.

— Il a raison, cela fait maintenant partie de vous, au même titre qu'un œil, qu'un foie ou qu'un rein.

— Exactement, reprit Gonzague d'un ton cassant. Maintenant, et pour toute votre vie, vous avez un passe pour venir chez nous à votre guise. Grâce à cela, plus besoin de collier…

— Gonzague ! tonna Héliodore.

— Mais j'imagine que c'est pour notre bien à tous ! Enfin, je dois croire ça sur parole et vous faire confiance, railla Gonzague.

Céleste sentit une colère terrible monter en elle. Elle était blessée par l'attitude de Gonzague qui éprouvait de la crainte à leur égard alors même qu'ils s'apprêtaient à prendre des risques pour tous les habitants de l'Arbre.

— Ça suffit ! cria Héliodore.

Les deux mots claquèrent dans la salle quasi vide et résonnèrent un moment contre les parois blanches. L'irritation de Gonzague s'évanouit aussitôt, il baissa la tête et partit s'isoler dans un coin. Héliodore prit dans ses mains celles de Céleste, toujours assise sur le sol de marbre.

— Il ne faut pas lui en vouloir… C'est la première fois que des humains vont avoir un accès illimité aux mondes de l'Arbre.

— Et si vous enlevez le tunnel ? demanda Théophane, invariablement technique.

Héliodore réfléchit avant de répondre.

— Effectivement, si nous allons par là… Mais les autres ouvertures existantes vous seront toujours visibles, encore faudrait-il que vous tombiez dessus. C'est pour cette raison…

Il haussa le ton pour bien faire comprendre que cette partie de phrase s'adressait à son compagnon.

— … qu'il n'y a pas de quoi en faire une tourte à la sève.

Les yeux d'Anatole lançaient des éclairs. Il était furieux. Il se mit debout péniblement, son épaule le faisant encore souffrir légèrement, et il se sentait déboussolé.

— Vous… Vous… Je n'y crois pas…

— Ne t'emporte pas, répondit calmement Héliodore en tentant de poser une main sur son bras.

Il repoussa la tentative de paix et son visage s'empourpra un peu plus.

— Vous êtes incroyables ! Nous vous faisons confiance et vous… Vous… piétinez la nôtre !

Il criait, maintenant, définitivement hors de lui.

— Mais qu'est-ce qui cloche, chez vous… Je…

Il se tourna vers sa sœur.

— Je ne suis plus sûr de vouloir continuer.

Sa remarque heurta Céleste de plein fouet.

— Anatole…

— Non ! Je suis désolé, c'est impossible. Rien n'a encore commencé, et puis d'ailleurs… On ne sait toujours rien de ce qu'il va falloir faire, et voilà comment ils nous traitent ?

Il se retourna vers les Gudruths. Cette fois-ci, Gonzague semblait désolé.

— Qu'est-ce qui me dit que tout est vrai, en fin de compte ? Si ça se trouve, c'est vous qui voulez tout contrôler, hein ? Je mange un crumble avec la reine d'Angleterre et je danse dans un souterrain. Mon tuba est bouché, mais ce hérisson va couper un lampadaire…

Soudain, les bras et les jambes d'Anatole se mirent à bouger de façon anarchique. Il semblait possédé. Sa tête aussi tourna de tous côtés, puis il fut parcouru de spasmes.

— Anatole ! s'inquiéta Céleste.

— Nom d'une greluche cendrée ! Il hypersaccade ! s'exclama Héliodore.

Théophane, resté silencieux depuis un moment, remit ses lunettes en place une fois de plus, et avala sa salive :

— Il « hyper » quoi ?

Puis Anatole tomba de toute sa hauteur, ses yeux se révulsèrent et il se mit à baver.

Céleste ne réussit pas à bouger tout de suite. Son bras ne la lançait plus mais restait ankylosé, et elle avait un sérieux mal de tête. Qu'Héliodore se mette à paniquer acheva de la sortir de son engourdissement. Il fouillait dans les poches de sa tunique à la recherche de quelque chose puis se tourna vers Gonzague l'air paniqué.

— Je n'ai pas d'essence de sève…

Le Gudruth à la queue tigrée paniqua à son tour et se mit à tourner en rond.

— Ça ne va pas, ça ne va pas… Ça ne va pas du tout !

Tout à coup, Céleste eut l'impression qu'on lui ouvrait le crâne de l'intérieur. Elle ferma les yeux le plus fort qu'elle put, mais la lumière se fit plus intense encore dans son esprit.

Elle attrapa sa tête à deux mains et poussa un cri. Un film. Elle voyait un film se jouer dans sa tête, un décor, non, un paysage, et tout bougeait. Elle se trouvait dans une rue de Pérythènes.

Tout était bien réel.

Chapitre 20

Kyra

Céleste passa devant une vitrine et se retint de crier : elle n'avait pas distingué son visage mais celui de Kyra. Elle était Kyra, et une Kyra plus jeune que celle qu'elle avait rencontrée quelques jours plus tôt. Comme embarquée dans le corps de la jeune Gudruth, l'esprit de Céleste courait avec lui dans l'une des rues de Pérythènes puis pénétra dans un grand bâtiment grouillant d'élèves. Elle entra dans une salle de classe pleine de Gudruths.

Céleste essaya de se focaliser sur les lieux, sur un tableau noir, à la craie, le mot POISON avait été inscrit en lettres majuscules.

— Prenez vos tablettes et vos branchettes.

Tous les Gudruths se turent, et Céleste vit ses mains grises plonger dans une sacoche et en sortir un rectangle marron et une petite branche.

— Aujourd'hui, nous allons aborder le thème des substances toxiques.

Elle aperçut un Gudruth beaucoup plus grand que la moyenne. Il devait faire dans les un mètre quatre-vingts.

— Qui peut m'en citer une ? demanda-t-il.

— Les larmes de mantes ! dit une petite voix.

Kyra pivota vers le petit Gudruth à lunettes qui venait de s'exprimer. Celui-ci regarda de tous les côtés, timidement, comme pour s'excuser d'avoir pris la parole.

— Exact, Mandratore ! Les larmes de mantes religieuses sont excessivement rares, mais redoutables. Que doit-on utiliser pour ne pas périr à leur contact ? interrogea le professeur.

Des rires parcoururent l'assemblée.

— Allons, allons, je peux vous assurer que lorsque vous recevrez une de ces larmes sur votre bras et qu'il fondra comme neige au soleil, vous serez heureux de réussir à stopper l'action de cette maudite substance.

— Des fientes de moucherons de Kalinka, maître Tanaclès.

— Exact, des fientes de moucherons de Kalinka, très rares également, mais miraculeuses dans le cas qui nous préoccupe. Autre exemple de poison ?

— Le… Cristalome ? hasarda une jeune Gudruth.

Le professeur s'arrêta d'arpenter la salle de classe de long en large.

— Oui… C'est assez gênant, jeune fille, que vous évoquiez le Cristalome. Normalement, nous ne devons l'évoquer qu'en dernière année… Mais puisqu'il se peut dans certains cas qu'il soit considéré comme un poison, c'est très judicieux de l'évoquer.

— C'est quoi exactement, le Cristalome ?

Des murmures s'élevèrent dans les rangs et l'immense Gudruth fronça les sourcils, ce qui suffit à rétablir le silence le plus complet.

— Les Cristalomes sont des fragments de pierre,

minuscules, et aux pouvoirs prodigieux. Nous ne savons pas exactement quelles sont leurs origines mais, dans l'histoire de l'Arbre, ils ont toujours été retrouvés aux moments décisifs.

— Même durant la Parasitose du Millénaire ?

— Oui, Léna, même durant la Grande Parasitose.

L'enseignant joignit les mains et hocha lentement la tête.

— Les Cristalomes sont des particules fascinantes et effrayantes tout à la fois. Nul ne connaît l'étendue de leurs capacités.

— Mais… Alors quelquefois ils sont toxiques ?

L'enseignant planta ses yeux noirs dans ceux du jeune qui venait de poser la question.

— Oui, Philéore. Dans certains cas, et sans que l'on sache pourquoi, ils peuvent se révéler mortels.

À cette annonce, Céleste tressaillit mais, soucieuse de ne pas perdre une miette des souvenirs de Kyra, elle ferma un peu plus ses paupières et redoubla d'attention.

— Quel est son antidote, maître ? demanda un élève.

— L'essence de sève.

Kyra venait de prendre la parole et Céleste se retint de crier : les mots prononcés par son Pensum résonnaient en elle avec une intensité à peine soutenable, comme si quelqu'un avait parlé avec un mégaphone dans sa boîte crânienne.

Les grands yeux du maître se posèrent sur Kyra, tout en s'écarquillant légèrement. Ce Gudruth était vraiment très intimidant.

— Kyra… Tiens donc… Dis-m'en un peu plus.

Des chuchotis enflèrent dans la salle.

— Le… L'essence de sève soigne presque tout, maître Tanaclès.

Une jeune Gudruth l'interrompit :

— Mais c'est réservé à l'élite des Gudruths, ça ne compte pas !

— Oui, Théalène, seuls les Gudruths de premier rang y ont accès. Cela dit, l'essence de sève est l'un des antidotes des effets néfastes des Cristalomes, mais ce n'est pas le seul.

Il s'arrêta de parler le temps que le silence soit total.

— En effet, reprit Ténaclès, content de son effet, ceux qui ont la chance d'avoir un pouvoir doivent ingérer l'essence de celui-ci.

— Comment ça ? interrogea Kyra.

— Les Aéreurs doivent manger une plume, les Arachneurs de la toile, et ainsi de suite, mais il faut agir très rapidement après le début de la crise.

Céleste décida d'ouvrir les yeux, bien décidée à recoller à la réalité et à quitter les souvenirs de Kyra.

Dans la Grande Salle, tous paniquaient : Théophane suait à grosses gouttes, Héliodore vidait le contenu – assez incroyable – de ses poches tandis que Gonzague tournait et virait dans tous les sens. Seul Anatole était immobile, les yeux toujours révulsés.

Céleste n'aurait su dire si elle était partie un long moment en pensée. Elle courut vers Théophane, lui écarta violemment les bras et glissa ses mains dans les différentes poches de son blouson. Quelques secondes plus tard, elle palpa la petite boîte qui ressemblait plus à un tube avec un couvercle.

— Mais…

Elle fila ensuite au chevet de son frère, dont le teint virait un peu plus au gris chaque seconde. La bave qui coulait en abondance sur son menton devenait mousseuse. Héliodore lui jeta un air triste, presque abattu.

— Céleste…

Elle ôta le couvercle de la fiole d'une main, souleva la nuque de son frère de l'autre, et fit couler la substance gluante dans sa bouche. Plus rien n'existait autour d'elle. Plus de murs, plus de plafond, plus de Livre, plus personne. Seul son frère importait, son frère dont les yeux bougeaient de moins en moins et dont les membres ne s'agitaient presque plus, comme un poisson laissé trop longtemps hors de l'eau et qui finit par arrêter de se battre.

Il n'y eut plus un bruit autour d'eux deux, rien d'autre que la respiration haletante de ses trois compagnons de fortune. Anatole avait fermé les yeux et restait parfaitement immobile.

— Non, murmura Céleste.

— Céleste… dit tristement Héliodore.

— Non… Non… J'ai vu… C'est impossible, il va se réveiller.

— Céleste, reprit doucement Héliodore.

— J'ai vu le cours, c'est un Englueur. Il a bu cette… Ce… truc… Il va forcément se réveiller !

Héliodore la fixa sans sembler comprendre son langage.

— C'est très rare… mais le Cristalome… tenta d'expliquer le vieux Gudruth.

— Oui ! Je sais… Le Cristalome peut être mortel.

— POUAH !!!

Anatole se redressa d'un bond.

— C'est dégueulasse ! Qui m'a fait ça ? Céleste, tu es une fille morte ! Je te jure que tu vas me le payer ! Tu n'imagines pas une seconde ce que tu vas endurer pour m'avoir fait boire un truc pareil !

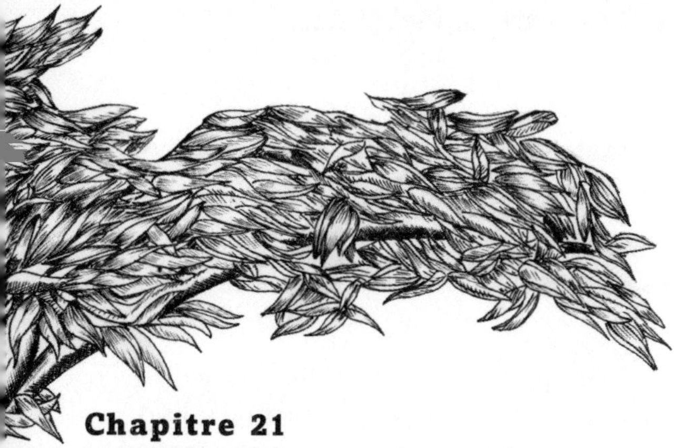

Chapitre 21

Avis de tempête

Céleste manqua d'étouffer son frère en le serrant fort contre elle.

— Hé ! Mais tu me fais mal ! brailla-t-il

Puis il se tint le bras et grimaça :

— Pourquoi est-ce que ça me lance comme ça ? Et… Pourquoi vous faites tous ces têtes de mollusques anesthésiés ?

Héliodore s'approcha d'Anatole. Il s'agenouilla près de lui et posa sa main sur son front. Il ferma les yeux et parut se concentrer. Céleste, qui avait desserré son étreinte, hésita avant de poser la question qui lui brûlait les lèvres.

— Tu ne te souviens de rien ?

Anatole sourit bêtement.

— Bien sûr que si !

Il se leva et se mit à arpenter la pièce, puis regarda le Livre en se frottant la tempe de son index, comme pour se forcer à réfléchir.

— Voyons, nous sommes tous entrés ici… pour voir le Livre, pour que Théophane le rencontre… Et ensuite, j'ai eu très mal à la tête et je crois que… je me suis évanoui. Et après tu m'as mis ce truc dégueu dans la bouche, et j'ai eu envie de t'étrangler. D'ailleurs, tu ne perds rien pour attendre...

Il essuya sa langue sur son tee-shirt, encore écœuré.

Céleste se leva à son tour et vint se planter devant Héliodore.

— Vous allez m'expliquer tout ça ! Et vite !

— Ne t'emporte pas, cela ne sert à rien, tenta Héliodore.

— Il ne se souvient pas de votre dispute !

— C'est normal, Céleste, il a fait une crise... Il a hypersaccadé suite à l'implantation du Cristalome. La perte de mémoire, la colère, le discours incohérent, tout vient de là. Anatole n'était plus vraiment lui-même...

Héliodore paraissait plutôt gêné qu'autre chose.

— Il a failli mourir, ajouta Céleste en soutenant son regard.

— Allons, allons... Tout de suite les grands mots, intervint Gonzague.

Céleste se tourna aussitôt vers lui.

— N'essayez pas de m'embrouiller, tous les deux. Je sais tout du Cristalome. J'ai assisté au cours sur les poisons, dans la tête de Kyra.

La silhouette trapue de Gonzague s'affaissa et il entrouvrit la bouche sous l'effet de la surprise. Céleste se rendit compte qu'il gardait lors de ses transformations ses petites canines pointues de chat en plus de la queue.

Héliodore se déplaça très vite jusqu'à la jeune fille.

— Que dis-tu ?

— Oui, que ça vous plaise ou non, j'étais dans la tête de Kyra, tout à l'heure. Ou peut-être dans ses souvenirs, je ne sais pas. Mais c'est comme ça que j'ai su, grâce au grand Gudruth. Il était en train d'expliquer les antidotes du

Cristalome, dans les cas où il devient toxique, une histoire d'élixir de sève ou je ne sais quoi.

Héliodore rougit légèrement, ce qui eut pour effet de faire passer son teint du gris au marron.

— Je n'en avais pas sur moi… Je suis impardonnable.

— Heureusement que ce professeur Tanaclès a mentionné que ceux qui avaient un pouvoir devaient ingérer l'essence de leur pouvoir et que j'ai vu tout à l'heure Théophane piquer de la glu au puceron du marché et…

Héliodore et Gonzague ouvrirent grand la bouche, tout en écarquillant les yeux. Céleste s'arrêta instantanément de parler.

— Quoi ? Qu'est-ce que j'ai dit ?

Céleste aurait juré qu'Héliodore avait donné un coup de coude à Gonzague, mais il avait bougé le bras si rapidement qu'elle ne pouvait en être tout à fait certaine.

— Quoi ? ! reprit Céleste.

— Je suis… Je n'arrive pas à réaliser que tu as réussi à si bien maîtriser ton lien de Pensum avec Kyra… C'est excessivement difficile, et tu as fait cela instinctivement… C'est saisissant. Pour tout te dire, je ne me suis pas rendu compte que tu étais dans ce que l'on nomme ici une « transe pensique ».

Anatole et Théophane, qui ne comprenaient visiblement rien à la conversation, échangeaient des regards, totalement incrédules.

— Mais qu'est-ce que vous racontez ? s'exclama Théophane.

Héliodore toussota.

— Le Livre a estimé qu'il était préférable pour vous, plutôt que d'avoir un collier, d'être équipés de Cristalomes.

Ainsi, vous allez pouvoir circuler dans les différents mondes. Cette implantation est irréversible et c'est pourquoi c'est assez déroutant… pour certains d'entre nous.

Gonzague bougonna dans son coin.

— Tu as fait une réaction à l'implantation de ton Cristalome… Il arrive quelquefois que ces éléments se révèlent toxiques, sans que l'on sache vraiment pourquoi. Tu as fait une crise : tu as hypersaccadé et perdu connaissance. Cela étant, je n'avais pas sur moi la solution qui aurait permis de te soulager immédiatement, et toute cette histoire aurait pu très mal finir sans l'intervention de ta sœur…

Anatole, hébété, fixa Céleste.

— Alors, ce truc dans ma bouche ?

Elle se contenta d'acquiescer.

— Ah… Eh bien… Merci.

— Ta sœur est entrée en transe pensique et a pu pénétrer dans les souvenirs utiles de son âme sœur.

— Heureusement que Kyra avait assisté à ce cours… murmura Céleste.

Héliodore eut un sourire gêné, et Céleste réalisa qu'il culpabilisait terriblement. Anatole avait bien failli mourir alors que la quête n'avait même pas réellement commencé. Elle se souvint des paroles du professeur Tanaclès : les Gudruths de premier rang devaient toujours avoir sur eux cet élixir. Héliodore avait donc sans doute failli à ses devoirs.

Derrière eux, un claquement sec qui les fit tous se retourner. Le Livre s'était refermé brusquement. La couverture épaisse tressauta quelques instants avant de se calmer.

— Il va encore se transformer.

Héliodore leur avait expliqué un peu plus tôt les

mutations du Livre. Au fur et à mesure de l'activité de l'Arbre et des événements qui tourmentaient son énergie, il pouvait être amené à se métamorphoser.

Tout d'abord, la couverture s'étira en diagonale, puis dans le sens de la largeur et de la longueur. Le Livre devint presque deux fois plus grand et s'épaissit tout à la fois. La tranche se para d'une fine dorure et le cuir le recouvrant s'éclaircit pour prendre des nuances brunes chaudes.

— On dirait qu'il a meilleure mine, murmura Théophane.

Héliodore inclina la tête :

— J'imagine que c'est parce que vous êtes trois, désormais.

Anatole, Théophane et Céleste échangèrent des regards gênés. Le fait que le Livre, baromètre de l'Arbre, réagisse ainsi était plutôt de bon augure.

Héliodore s'éclaircit la voix :

— Cher Livre, nous allons vous laisser.

Les pages défilèrent à toute vitesse, de gauche à droite, puis de droite à gauche. Le Livre finit par s'ouvrir sur une des pages du milieu.

« Il est temps pour les enfants de retrouver leur maison. L'heure doit être maintenant à la réflexion et à la concentration. »

Céleste comprit tout de suite que le message s'adressait aussi bien à eux qu'aux Gudruths. Elle avait eu la démonstration quelques instants plus tôt que le Livre avait toujours le dernier mot, quel que soit l'avis des Gudruths de premier rang. Elle était impatiente de questionner Héliodore à ce sujet, surtout pour savoir en quoi consistait ce fameux Conseil évoqué par Gonzague.

— Bien entendu, vous pouvez compter sur le Conseil, répondit Héliodore qui avait bien saisi l'allusion du Livre.

Ils le saluèrent tous, Céleste prit congé en dernier et, au moment où elle inclina brièvement la tête, elle perçut l'espace d'un instant un smiley qui souriait au centre de la page. Il disparut aussi vite qu'il était apparu, sans que ses compagnons n'aient eu le temps de le discerner.

Depuis leur première visite et son voyage dans les souvenirs de l'ouvrage, Céleste éprouvait une grande sympathie pour le Livre, et même de la confiance. Difficile d'expliquer pourquoi elle sentait qu'elle pouvait s'en remettre à lui, mais elle percevait une sincère bienveillance et la conviction qu'il comprenait ses moindres doutes.

— À bientôt, chuchota-t-elle en guise de réponse.

Héliodore sortit en premier de la Grande Salle, suivi de près par Anatole et Théophane. Gonzague se retourna pour observer Céleste.

— Ça ne va pas ?

Elle sourit.

— Cela fait tellement de choses à intégrer… Mais je dois dire que je suis heureuse de constater que le Livre se sent mieux.

La jeune fille se rappelait l'épuisement du Livre et l'énergie qu'il avait déployée pour lui faire entrapercevoir l'étendue des mondes.

À la traîne, elle passait le seuil de la salle lorsque les événements débutèrent. Par les verrières de la Grande Salle, on vit le ciel s'obscurcir en quelques secondes. Puis des éclairs se mirent à zébrer le ciel, comme si une main géante avait décidé de le raturer au marqueur phosphorescent.

Enfin, le tonnerre gronda si fort que la verrière se mit à trembler.

— Waouh, s'exclama Anatole en sursautant, on va se faire tremper !

Héliodore s'arrêta net devant Anatole, qui s'écrasa mollement contre son dos.

— Attention !

— Regardez, cria Théophane en pointant l'une des fenêtres.

Les nuages noirs passaient au rouge à chaque coup de tonnerre, il faisait désormais si sombre qu'il était difficile de se persuader que la nuit n'était pas tombée.

— Eh ben… Les orages, chez vous, ça ne rigole pas, commenta Anatole.

— Non, pas ça ! Regardez par là… lâcha Théophane d'une voix étranglée.

Céleste suivit son doigt et la vit. Énorme et effrayante, une tornade, comme celles qu'ils pouvaient voir dans les films catastrophe, s'avançait doucement mais sûrement vers eux.

— Nom d'un Kallok enragé ! cria Gonzague.

Héliodore, qui était presque arrivé au seuil du bâtiment et avait entrepris d'entrouvrir la porte, la referma aussitôt. Il était blême, et sa peau virait donc légèrement au bleu pâle.

— Vite ! Dans la Grande Salle !

Gonzague fronça les sourcils :

— Héliodore, il nous faut célériser ! Tout de suite ! Nous devons retourner au quartier général.

Héliodore hésita un quart de seconde, regarda tour à tour les enfants puis la fenêtre, et se précipita finalement dans la salle du Livre, entraînant tous les autres à sa suite.

— Vite !!!

Il hurlait. Céleste réalisa que c'était bien la première fois qu'elle le voyait paniquer. Même plus tôt, alors qu'Anatole gisait par terre et qu'il ne savait comment le sortir de la situation, il n'avait pas paru aussi désemparé.

Ils obtempérèrent et les portes vitrées s'ouvrirent pour les laisser passer, se refermant aussitôt derrière eux. Mais ce qui glaça définitivement le sang de Céleste, plus que le bruit assourdissant du tonnerre et des bourrasques, plus que le ciel noir et rouge parsemé par intermittence d'éclairs bleutés, et plus encore que la vision de cette incroyable tornade qui semblait ne plus finir de fondre sur le bâtiment, ce fut de constater que le Livre lui-même était en proie à un trouble épouvantable.

Il avait tout perdu de sa récente superbe, désormais plus proche du cahier d'écolier qu'autre chose, il se tordait dans tous les sens en changeant constamment de dimension. S'il n'avait pas été fait de pâte à papier, elle aurait juré qu'il allait se mettre à hurler de douleur.

— Héliodore… Le quartier général… Il faut y aller, cria Gonzague pour couvrir le vacarme.

Héliodore eut un rictus de douleur, visiblement déchiré à l'idée de devoir prendre une décision.

— Je ne peux pas les laisser ici seuls… et nous n'arriverons pas à célériser ensemble.

— Ils sont bien mieux ici, Héliodore… Mieux que partout ailleurs, le bâtiment est sécurisé, il résistera…

Le vieux Gudruth, désemparé, observa un instant le Livre en proie à une grande agitation.

— Gonzague, va au quartier général, consulte l'Arbronum et réunis le Conseil.

— Mais…

Héliodore posa une main sur le bras de Gonzague.

— Fais ce que je te demande, je dois rester ici.

Gonzague inclina la tête pour signifier son accord et mit un genou à terre sans tarder. Il posa ses mains près de ses pieds, l'instant d'après il avait disparu.

Les enfants n'eurent pas le temps de montrer leur stupéfaction, presque aussitôt un grondement redoutable, beaucoup plus fort que les précédents, emplit tout l'espace. Héliodore dut crier pour se faire entendre.

— Placez-vous près du Livre !

Ils coururent se positionner aussi près du lutrin que possible. Serrés les uns contre les autres, conscients de l'imminence du danger, ils se prirent les mains. Héliodore s'installa devant eux puis, fermant les yeux, ouvrit grand les bras devant lui.

Céleste comprit instantanément ce qu'il était en train de faire. Le Gudruth allait se présenter en bouclier, les protéger, ainsi que le Livre, des forces qui menaçaient de s'abattre sur le bâtiment d'un moment à l'autre. Elle ressentit une angoisse sourde monter au creux de son ventre et, instinctivement, tira sur la tunique d'Héliodore. Il ouvrit les yeux quelques secondes et lui fit un petit signe de la tête, lui signifiant de ne pas insister.

Par la verrière, ils voyaient le ciel clignoter dangereusement, la tornade conique et monstrueuse n'était maintenant plus qu'à quelques dizaines de mètres de la bibliothèque et ils apercevaient des éléments familiers dans les airs. Bancs, chaises ou encore brouettes voltigeaient avant d'être pulvérisés. Céleste jeta un coup d'œil à son frère ; elle craignait plus pour lui que pour sa propre vie, mais n'eut pas le temps de s'approcher de lui.

Théophane et Anatole se cachèrent le visage de leurs mains quand la tornade fracassa la verrière, mais Céleste, subjuguée par la violence de l'impact, n'en rata pas une miette. Au même instant, des mains d'Héliodore jaillit une lumière, tellement intense qu'elle en paraissait presque palpable.

Un dôme se matérialisa autour d'eux, les recouvrant entièrement et semblant s'ancrer dans le sol de marbre. Héliodore gardait les yeux fermés avec force, des rides profondes sillonnant son visage et des veines palpitant dans son cou ; il luttait de toutes ses forces contre la tornade qui dévastait la pièce. À l'intérieur de la bulle le silence s'était fait, Théophane et Anatole, surpris, avaient fini par ouvrir les yeux et observaient ébahis la scène, à la fois acteurs principaux et spectateurs d'un film apocalyptique.

Céleste jeta un coup d'œil au Livre. Il s'était calmé mais restait cependant remué par de légers sursauts. Puis le bruit revint leur crever les tympans. Le dôme de protection se fissurait par endroits : les forces d'Héliodore l'abandonnaient.

Céleste, désemparée, se tourna vers le Livre. Il s'ouvrit à une page vierge qui se noircit rapidement :

« Aide-le. »

Théophane et Anatole levèrent simultanément les yeux vers Céleste. Réalisant qu'il fallait tenter le tout pour le tout, elle ne prit pas la peine de paniquer et, se plaçant désormais à côté d'Héliodore, leva les mains en essayant d'imiter ses gestes, sans trop savoir à quoi s'attendre.

De ses paumes émergea une lueur si vive qu'elle dut instantanément clore ses paupières. Elle ressentit une fraîcheur intense dans ses mains et ses avant-bras, le flux d'énergie tendit tout son corps. Elle se tenait raide comme un piquet, et seuls ses membres supérieurs étaient tendus vers l'avant. Elle perçut vaguement les exclamations de son frère, sans réussir à détourner son attention de la tornade qu'elle prenait de plein fouet. Elle vibra, tangua, et chancela au gré de celle-ci, sentit ses forces l'abandonner à plusieurs reprises, mais ne lâcha rien.

Puis le néant, et elle eut l'impression de tomber de longues secondes dans le vide.

Chapitre 22

Équilibre des forces

Céleste revint à elle en premier. Héliodore gisait à côté d'elle et, à quelques centimètres, Théophane et Anatole étaient enchevêtrés l'un dans l'autre, comme deux pantins mélangés par les mains d'un grand marionnettiste. Le Livre avait chuté près d'eux, mais semblait intact. Elle se leva, sans oser le toucher, et embrassa la salle du regard. Les dégâts étaient considérables, la grande verrière avait volé en éclats et des centaines de débris de verre gisaient comme autant de preuves de la violence de l'impact.

La pièce étant dénuée de toute décoration, aucun autre objet ne jonchait le sol. Cependant, le désordre qui régnait sur le seuil du couloir laissait présager la vision apocalyptique à laquelle ils allaient avoir droit en quittant les lieux.

— Tu n'as rien ? demanda Héliodore.

Le Gudruth reprenait peu à peu connaissance. Il paraissait épuisé et bien plus vieux qu'avant. Céleste respira profondément, reconnaissante d'être encore en vie.

— Oui, ça va…

Elle tourna ses mains vers elle pour en inspecter les

paumes. Rien. Aucune marque, aucune trace, aucun signe d'un quelconque pouvoir.

— Tu ne verras rien, dit Héliodore.

Céleste le considéra longuement en silence, sans savoir quoi dire, ni même par où commencer. Elle finit par se pencher sur le Livre, hésita puis le saisit. Il était inerte. Elle se leva et le posa doucement sur le lutrin.

— Tant qu'il est là, même abîmé, c'est que tout va bien, reprit Héliodore. Merci, Céleste, sans ton aide je n'aurais pas réussi à tenir le choc.

— Je… Je ne sais pas ce qui s'est passé. Le Livre a écrit « aide-le », je me suis postée à côté de vous, je…

— Tu as suivi ton cœur, et c'est précisément ce qu'il fallait faire.

Anatole grogna, se retourna et prit confortablement place sur le torse de Théophane comme s'il s'agissait d'un oreiller moelleux. Ce dernier s'étira dans son sommeil en bougeant légèrement la tête.

Céleste aida Héliodore à se relever. Il fit quelques pas en boitant et elle lui proposa son bras, qu'il accepta sans rechigner : il avait semble-t-il laissé beaucoup d'énergie dans les derniers événements.

Il s'arrêta et fixa intensément Céleste.

— Tu ne te sens pas… épuisée ?

La jeune fille en était la première surprise, mais elle se trouvait en assez bonne forme.

— Oh… Je n'irais pas courir un marathon, mais non, franchement, je me sens assez bien.

Héliodore plissa les yeux, puis sourit.

— Tu es vraiment une personne incroyable, Céleste.

Tout ça me dépasse, et pourtant j'ai vu quantité de choses surprenantes au cours de ma vie, crois-moi.

Elle se tourna tout à fait vers lui, le forçant à faire de même.

— C'était quoi, tout ça ? Et puis, ce truc avec mes mains… J'ai fait ça mécaniquement, sans réfléchir… Ça s'est fait tout seul, mais…

Le Gudruth hésita avant de reprendre :

— Tu as des liens très particuliers avec le Livre, Céleste. Lorsque tu suis ses indications, tu agis pour lui. Tu en es le prolongement, l'Élue.

Elle avala sa salive.

— Mais… Et cette tornade, l'orage… Ce n'était pas juste un problème météo, n'est-ce pas ?

À l'autre bout de la salle, Théophane se réveilla, pestant contre Anatole.

— Mais c'est qu'il me bave dessus !

Céleste ne voulait pas perdre le fil de leur conversation. Elle savait que le Gudruth distillait ses révélations avec parcimonie et était bien décidée à recueillir le maximum d'informations. Il soupira :

— Je crains que non…

— Qu'est-ce que c'était ?

Elle avait haussé le ton sans le vouloir, et il sursauta :

— Les premiers troubles de l'équilibre.

— C'est déjà arrivé ?

— Non, pas sous cette forme. Des branches ont craqué, des feuilles sont tombées en masse, des bagarres ont éclaté plus que d'habitude, mais rien d'aussi intense.

Il pinça ses lèvres et Céleste sut qu'il ne disait pas tout.

— Héliodore, dites-moi la vérité.

Les épaules du Gudruth s'affaissèrent.

— Méléna. C'est certain.

— La sœur de Galathée, celle qui a réussi à s'échapper des Entrailles, c'est bien ça ? C'était elle ?

— Oui, enfin indirectement… Je pense qu'elle a tenté de vous détruire ou de détruire le Livre.

— La tornade…

— Plus elle va reprendre des forces, plus elle va maîtriser ses pouvoirs, et plus elle sera dangereuse.

— Qu'est-ce que ça va être quand elle sera en forme…

Héliodore lâcha le bras de Céleste et secoua la tête.

— Oui, nous sommes fautifs… Le Conseil, nous tous… Nous avions sous-estimé ses pouvoirs… Jamais je n'aurais pensé qu'elle puisse faire autant de dégâts. Nous allons relever les dispositifs de sécurité au plus haut niveau.

— Il faut aller voir s'il y a des dégâts, des blessés, dehors…

Des poussières tournoyèrent à quelques mètres d'eux et Gonzague se matérialisa. Céleste sursauta.

— Et ça, c'est quoi encore, exactement ?

— Une façon de se déplacer pour nous autres, un poil plus rapide que la façon classique, répondit Héliodore. Tout comme les Émissaires, les membres du Conseil peuvent célériser.

Gonzague détailla la pièce et ses occupants.

— L'Arbre soit loué, vous allez bien ! Tout ça est absolument fascinant…

— Fascinant ?

— Rien ailleurs, tornade ultra-localisée à la bibliothèque et aux rues adjacentes… L'Arbronum est formel.

Héliodore regarda Gonzague d'un air entendu.

— Je viens de lui expliquer mes craintes, et visiblement ce sont désormais des faits avérés.

Céleste les détailla l'un après l'autre.

— Vous ne pourriez pas être plus clairs ?

Théophane et Anatole se joignirent à eux.

— Méléna a tenté le tout pour le tout en s'attaquant d'emblée au Livre, et ça a presque failli fonctionner, expliqua Gonzague.

— C'est l'intervention de Céleste qui a permis de protéger le Livre. Sans son aide, nous aurions tous péri.

Gonzague ouvrit de grands yeux, visiblement admiratif, et inclina la tête à l'intention de Céleste.

— Ne perdons pas de temps, vous devez pour l'instant retourner dans votre monde et attendre que le quatrième Guide se manifeste, annonça Héliodore.

— Nous n'aurons connaissance de toute la Prophétie que lorsque vous serez réunis et que la Guilde sera au complet, ajouta Gonzague.

Un lourd silence s'installa dans la salle.

— Et pendant ce temps ?

— Pendant ce temps, nous allons avoir de quoi nous occuper : relever le niveau de sécurité, passer en mode défensif et réunir les modules de combattants. Méléna n'agit pas seule. Lorsqu'elle sortira de l'ombre, ce sera accompagnée de tout un tas de créatures aussi peu recommandables les unes que les autres, et qui auront pour point commun un petit séjour dans les Entrailles. Cela n'augure rien de bien formidable, croyez-moi… expliqua Gonzague.

— Et… Elle ne va pas revenir tout de suite ?

— Cet épisode m'a vidé de mes forces, j'ose espérer que

Méléna elle-même va mettre un certain laps de temps avant de pouvoir faire quoi que ce soit d'autre, souffla Héliodore.

— Je ne comprends pas, coupa Anatole. Que fait votre Galathée, pendant ce temps ?

Gonzague parut choqué.

— Il est très impoli de parler de Galathée en ces termes !

— J'imagine, mais quand même, on ne peut pas dire qu'elle se décarcasse pour nous protéger ! reprit Anatole.

— Cela fait partie de la Prophétie, Anatole. Galathée ne doit pas agir avant que les quatre Guides soient réunis, cela pourrait tout compromettre.

— Alors madame reste les bras croisés pendant qu'on se fait terrasser par une tornade ? Toute cette histoire me rend dingue…

— Anatole !

— Je comprends que cela soit dur à accepter, mais la Prophétie est la Prophétie, et nous ne devons rien faire pour l'entraver, au risque de tout mettre en péril, conclut Gonzague.

Céleste eut un sursaut.

— Alors si nous avions refusé, enfin, si j'avais refusé…

— Nous aurions accepté le destin de l'Arbre, dit Héliodore.

— Sans rien faire ? !

Théophane paraissait abasourdi.

— Vous voulez dire que vous auriez attendu la fin sans tenter quoi que ce soit ?

Héliodore parut embarrassé.

— Nous avons beaucoup d'expérience, si je puis dire, et, par le passé, les anciens ont commis des erreurs… Nous ne pouvons aller à l'encontre de ce que dit le Livre, au risque d'aggraver la situation.

Anatole se mit à grimacer en se tenant le bras.

— Ne restons pas là, coupa Héliodore, il faut à tout prix lui administrer de l'essence de sève. La glu de puceron que lui a donnée Céleste n'annule pas tous les effets du Cristalome, et mieux vaut prendre toutes les précautions qui s'imposent pour qu'il ne subisse pas d'autres réactions.

Gonzague se pencha à l'oreille d'Héliodore.

— Comme je ne savais pas à quoi m'attendre, et s'il y avait des blessés, j'ai fait demander un Voltigeur pour rentrer plus rapidement.

— Tu as très bien fait.

— Il attend sur la place.

Alors qu'ils s'apprêtaient à sortir, des nuages de poussière apparurent en plusieurs points de la salle et quatre Gudruths, tous très différents les uns des autres, se matérialisèrent de part et d'autre.

— Ne vous inquiétez pas, murmura Héliodore.

— Laissons-les s'occuper de sécuriser le périmètre, ajouta Gonzague.

— Et le Livre ? s'inquiéta Céleste.

— Ils vont veiller sur lui, ma chère.

Puis, posant une main réconfortante sur son épaule :

— Ne sous-estime pas le Livre, même s'il peut paraître atteint et faible, il est notre force à tous.

En sortant de la salle et en enjambant les débris de ce qui avait été jusque-là un fantastique décor, ils prirent conscience de la violence du déchaînement des forces de Méléna.

Sur le perron, les enfants s'arrêtèrent net de progresser.

Là, sur la place toute recouverte de neige malmenée, parmi les congères et les débris d'objets, se tenait dressé le Voltigeur. Un dragon très agité, d'un rouge flamboyant. Il devait faire dans les neuf mètres d'envergure. Ses yeux lançaient des éclairs, et il les planta dans ceux de Céleste aussitôt qu'il la vit. Puis, curieusement il courba l'échine.

Chapitre 23

Le retour

Ils claquèrent la porte derrière eux, et Théophane s'adossa au mur d'ardoise. Chubaka se faufila entre les jambes d'Anatole et se mit à poursuivre une grenouille. Il avait plu durant leur absence.

Céleste consulta sa montre : elle indiquait seulement onze heures alors qu'elle avait l'impression d'avoir passé la majeure partie de la journée en compagnie des Gudruths.

— Proprement surprenant, annonça Théophane en regardant la sienne.

Il observa un instant Anatole et se mit à rire.

— Par contre, nous devrions nous recoiffer un minimum, parce que vraiment, là, nous avons l'air de sortir tout droit d'une machine à laver.

Le retour en Voltigeur avait été aussi renversant qu'époustouflant. La bête féroce, mais apprivoisée, avait été conduite d'une main experte par Héliodore. Cependant, il n'avait échappé à personne qu'elle était irrésistiblement attirée par Céleste. Ils s'étaient entassés sur son dos avec le vieux Gudruth, tandis que Gonzague avait célérisé à nouveau.

— Ce Voltigeur m'a fait une drôle d'impression, murmura Céleste.

— J'ai eu la sensation qu'il te craignait, dit Théophane.

Anatole fit un tour sur lui-même, puis se laissa tomber sur un petit banc qui meublait la cabane.

— C'était GÉNIAL ! Et dire qu'on ne peut même pas frimer avec tout ça… Quand je pense qu'on rentre à l'école dans quelques jours et que je ne vais même pas pouvoir raconter cette histoire au risque de passer pour un menteur !

— Un fou furieux, tu veux dire !

Céleste prit soin de se recoiffer et de vérifier sa tenue, il allait être difficile de faire comme si de rien n'était après un tel épisode. Anatole avait manqué mourir suite à l'implantation du Cristalome et, l'instant d'après, ils avaient bien failli se faire pulvériser par la tornade. Dans tout ça, la partie « dragon » serait presque passée pour anecdotique.

Semblant penser à la même chose qu'elle, Anatole entreprit de rouvrir la porte de la cabane.

— Si j'en crois les Gudruths, avec ce Cristalome je peux entrer seul, désormais…

Céleste et Théophane sortirent de la cabane pour qu'il tente l'expérience. Après quelques instants, ils entrèrent à nouveau et trouvèrent l'endroit vide. Anatole sortit du tunnel en criant un tonitruant :

— Surprise !

— T'es pas bien ?

— Oh… Ça va… C'était juste une petite blague…

— Bon, eh bien au moins, ça semble fonctionner, conclut Théophane.

Céleste attrapa le bras de son frère et souleva son tee-shirt. Au creux de son aisselle luisait une minuscule chose, à peine décelable si on ne la cherchait pas. Le fragment de Cristalome était fiché dans sa chair, comme dans celle de Théophane et la sienne.

— Tu es sûr que tu te sens bien ?

— Oui, je t'assure.

De retour au quartier général, Héliodore avait foncé dans un coin de la pièce, s'était affairé sur ce qui semblait être un coffre-fort et avait ensuite fondu sur Anatole en lui faisant ingérer de force un liquide marron aux curieux reflets vert fluo.

— C'était pas terrible, mais rien en comparaison de cette horrible glu de puceron.

— Quand je pense que tu as la chance d'être un Englueur, murmura Théophane.

Anatole haussa les épaules.

— Tu parles d'un superpouvoir…

— Peut-être que tu pourras en faire quelque chose de sympa, suggéra Céleste.

Le jeune garçon sortit de la cabane et tapa dans un ballon de foot qui se trouvait là. Ils remontèrent ensemble le jardin en direction de la terrasse, et Anna Renoir sortit la tête par la porte-fenêtre.

— Vous voilà ! Théophane, ta grand-mère t'attend !

— Ah… Eh bien je vais y aller.

— Je te raccompagne, lança Céleste.

Lorsqu'ils furent tous trois dans la rue, juste en face du « manoir » de Théophane, ils ne surent quoi dire.

— Bon… Armons-nous de patience, souffla enfin Céleste.

— Je crois bien, ajouta Théophane.

— « Le quatrième arrivera en temps voulu », dit Anatole en singeant la voix d'Héliodore.

— C'est ce qui s'est passé pour Théophane, dit Céleste.

— Comment reprendre une vie normale, après ça ?

— Je ne sais pas… Mais il va bien falloir, conclut Anatole.

Chapitre 24

Une rentrée

Quelques jours plus tard…

Céleste était d'humeur exécrable. Elle fourra les objets posés sur son bureau dans son sac à dos. Elle avait vérifié son contenu une bonne dizaine de fois, car elle voulait être certaine de ne rien oublier. Hors de question de se faire remarquer le premier jour.

— On y va !

Elle n'avait rien pu avaler tant elle appréhendait la rentrée, mais avait cédé la douzième fois où sa mère lui avait proposé de prendre un jus d'orange.

— Tu ne vas quand même pas partir le ventre vide !

Anna Renoir l'avait regardée avec compassion, serrée longuement dans ses bras avant de déposer un baiser sur son front.

— Bientôt tu en riras, ma chérie.

Bien sûr, bientôt elle en rirait…

Avec qui, et dans combien de temps, ça, c'était ce qu'il restait à savoir. En sortant de la maison pour rejoindre son père déjà installé dans la voiture, elle adressa un signe de la main à Anatole qui engloutissait sa quatrième tartine.

— Ch'alut !

Céleste enviait l'assurance de son petit frère. En cette fin de vacances, il avait déjà fait la connaissance de la moitié des sixièmes de son école à force d'arpenter le parc et les rues de leur quartier, que ce soit à pied, à trottinette ou à vélo. Elle, elle était restée cloîtrée la plupart du temps dans sa chambre ou dans le jardin, seule ou en compagnie de Théophane.

En quittant les Gudruths, les enfants s'étaient attendus à ce que les événements s'enchaînent et presque à ce que le quatrième Guide toque à la porte le lendemain de la tornade en se présentant clairement. Bien évidemment, rien de la sorte ne s'était produit. Les jours s'étaient succédé, pluvieux ou ensoleillés, et ils n'avaient eu aucune piste sérieuse concernant la dernière recrue. Pourtant, plusieurs fois, Céleste avait pensé repérer une personne qui aurait pu correspondre, comme ce garçon à la boucherie, ou encore cette jeune fille étrange au coin de la rue, mais tous l'avaient dévisagée quand elle les avait fixés avec insistance. Théophane, éternellement pondéré, lui conseillait de prendre son mal en patience :

— « Le quatrième arrivera en temps voulu », serinait-il en imitant l'intonation des Gudruths.

Céleste l'avait congédié, lui conseillant de plancher sur ses inventions plutôt que sur ses talents d'imitateur. Elle était d'humeur maussade, et rien ne la dériderait avant la rentrée.

Théophane monta à l'arrière du monospace.

— Je vous remercie de bien vouloir m'emmener, c'est très aimable à vous.

Bruno Renoir sourit :

— Tu ne vas pas me remercier vingt fois, Théophane ! Il n'y a rien d'exceptionnel à ça ! Par contre, tâchez de ne pas trop vous habituer à mes services, dès demain vous irez au collège à pied…

L'établissement se trouvait approximativement à dix minutes de la maison, mais le trajet en voiture en dura à peine trois. Quittant à regret l'intimité du véhicule, Céleste poussa un profond soupir en embrassant son père.

— Allez, ma puce… Tout va bien se passer…

Elle l'embrassa, claqua la portière et porta la main à son cou pour vérifier qu'elle avait bien la clé de la maison, à défaut du médaillon permettant d'accéder au tunnel désormais inutile.

Théophane cala son cartable sur ses épaules et fixa Céleste d'un air anxieux.

— Si seulement on pouvait être dans la même classe…

Elle le regarda, hocha la tête et sourit.

— Oui.

Il haussa les épaules et sa bouche se tordit légèrement.

— Ne t'embête pas… Je sais bien que tu ne le penses pas.

Là, sur le trottoir en face du collège, il se mit à regarder la pointe de ses chaussures cirées avec attention. Céleste se maudit ; il était son seul ami et, qui plus est, vraiment sympa. Elle lui donna une tape sur l'épaule.

— Arrête, je sais que je n'ai pas été facile, ces derniers jours… Je suis désolée… J'espère qu'on va être dans la même classe. Vraiment.

Un groupe de filles passa près d'elle en la détaillant. Elles devaient être plus âgées, car la plupart étaient plus grandes qu'elle. La sonnerie retentit et un surveillant les invita à pénétrer dans l'enceinte de l'établissement. La voiture de son père redémarra, et Céleste lui fit un petit signe qui s'apparentait plus à l'adieu qu'adresse un condamné à mort à sa famille avant de monter à l'échafaud qu'autre chose.

M. Charenton, le principal du collège Jean-Moulin, égrenait les noms des sixièmes. Les petites silhouettes au moins aussi impressionnées que Céleste sursautait à chacune des annonces. Anatole, lui, semblait pourtant détaché.

— Ternard, Uzès, Vareille, Renoir, Rosier, Maindru, Bloino, Vermont, Poupet, Zelesky : sixième trois, salle trois cent deux, professeur principal M. Lemercier. Passons maintenant aux cinquièmes et aux quatrièmes.

Céleste retint son souffle. Théophane se tenait près d'elle et ne bougeait pas d'un millimètre. Elle remarqua que le groupe de filles s'était également rangé avec les quatrièmes ; elle observa leurs tenues à la mode et se trouva minuscule et sans intérêt.

Quatre-vingt-dix noms plus tard, le verdict fut sans appel : Théophane et elle étaient dans des classes différentes. Cerise sur le gâteau, elle se trouvait dans celle du groupe de filles. La mort dans l'âme, elle suivit un surveillant qui les mena jusqu'à leur salle de cours.

Céleste s'assit contre une fenêtre, ni vraiment devant ni tout à fait dans le fond, et prit son temps pour sortir ses affaires, afin de ne pas paraître désœuvrée en attendant que leur professeur ne vienne les rejoindre. Lorsqu'elle leva enfin la tête de son sac à dos, un moustachu à l'air furieux d'une cinquantaine d'années entra et balança sa sacoche sur son bureau.

— Et voilà ! Ils m'ont encore collé dans la salle de cours la plus humide !

Le silence le plus complet se fit dans la pièce. Céleste osa enfin jeter un coup d'œil à la ronde. Les élèves étaient tous deux par deux, et personne ne s'était risqué à prendre place à côté de « la petite nouvelle ».

— Vous, là. Essuyez-moi le tableau.

Dans un coin de celui-ci, un résidu de cours d'histoire de l'année passée subsistait. Céleste ne comprit pas tout de suite que le moustachu s'adressait à elle et attendit donc que quelqu'un réagisse.

— Eh bien alors ! Vous avez les fesses collées à votre chaise ?

— Moi ?

Céleste sentit tous les regards se poser sur elle, et elle se liquéfia instantanément. C'était sûr, cette journée allait être pire que la pire des journées qu'elle avait imaginée durant les derniers mois, et pourtant elle avait imaginé un certain nombre de scénarios catastrophe…

Elle se leva et chancela jusqu'au bureau. Arrivée à la dernière rangée, elle manqua de tomber et se rattrapa à une table. Elle en était sûre, une fille du petit groupe avait volontairement poussé son sac dans l'allée pour la faire trébucher. Elle saisit l'éponge et effaça les restes de craie en maudissant le prof, déjà catalogué sadique et sans cœur dans son esprit.

Un événement détourna l'attention de tous ses camarades. La porte s'ouvrit en grand et un garçon brun aux cheveux en bataille et à l'air frondeur pénétra dans la classe sans frapper, comme si son arrivée tardive était tout ce qu'il y avait de plus naturel.

— M. Meunier, comme on se retrouve, souffla le professeur.

— M. Fumier…

— C'est FRUMIER ! Allez vous asseoir.

Ledit Meunier pencha sa tête sur le côté et fit la moue, pas du tout intimidé. L'ensemble des filles de la classe se mit à pouffer.

— Ça suffit !

Il tapa du poing sur la table. Céleste avait profité de cet interlude pour retourner à sa place le plus discrètement possible. Elle jeta un coup d'œil au retardataire. Un parfait frimeur, vraiment, de ceux qui se croient irrésistibles.

Il progressa entre les rangs sans se presser, passa près de Céleste sans la regarder.

— Meunier, asseyez-vous ! On va pas passer la matinée sur votre cas !

Le garçon stoppa et considéra la chaise située à côté de Céleste avec attention, puis alla s'installer trois rangs plus loin, dans le fond de la classe.

— Soit… Si vous préférez ne rien voir au tableau durant toute l'année, libre à vous.

L'ensemble des élèves se mit à rire avant de s'arrêter tout net en voyant Frumier changer de couleur et ses moustaches frémir.

Horreur, Céleste allait se retrouver seule pour le restant de l'année… Elle eut une pensée pour Théophane, qui devait vivre à peu près le même supplice à quelques mètres de là.

Chapitre 25

Prendre le temps

Céleste et Théophane analysèrent la journée sur le trajet du retour.

— Pas si mal, conclut le jeune garçon. Mon voisin de table est fan d'aéromodélisme, et il est champion départemental d'échecs. Bref, un type très sympa.

Céleste leva discrètement les yeux au ciel. Si même Théophane s'en tirait mieux qu'elle, plus personne ne pouvait rien pour son cas.

— Allez, Céleste, ça ne peut pas être si catastrophique que ça…

— Je ne sais pas ce qu'il te faut : le prof principal est un tyran, j'ai manqué de tomber dans les dix premières minutes, personne n'a voulu se mettre à côté de moi, ni en cours ni à la cantine, mon stylo-plume neuf a fui dans tout mon sac et j'ai renversé le plat de cassoulet sur mes chaussures ce midi…

— Ah oui… Effectivement… Mais demain est un autre jour, n'est-ce pas, et puis ne te focalise pas uniquement sur le collège, n'oublie pas… Hum… Le reste…

— Ouais, ben le reste, avec la tonne de devoirs que je me paye pour demain...

Elle repoussa son goûter.

— Je t'assure, Maman, je n'ai pas faim.

Sa mère sourit et, pour toute réponse, se tourna vers Anatole qui terminait son huitième casse-croûte.

— Quant à toi, ça suffit !

— Mais moi v'ai faim, répondit-il en postillonnant.

Céleste se réfugia dans un fauteuil du salon avec un livre, écoutant d'une oreille distraite le résumé forcément enthousiaste de la journée d'Anatole.

— Basile veut que je m'inscrive avec lui au foot. Mais Cédric fait du basket et j'adore ça... Et en même temps le père de Matthieu donne des cours de batterie.

— Pas de batterie pour l'instant, décida Maman, j'ai déjà un quatuor suffisamment bruyant à demeure, si tu vois ce que je veux dire...

— Je ne sais pas, j'hésite encore... Tiens, au fait, je suis invité à un anniversaire samedi, tu pourras acheter un cadeau ?

Céleste tenta de s'assommer avec son livre, se leva et traversa la cuisine.

— Je vais dans le jardin.

— Bien sûr, ma chérie... Mais n'oublie pas de me donner la liste des fournitures complémentaires.

Un thé à la sauge, voilà qui allait la consoler, un bon thé à la sauge avec des sablés. Elle entra dans la cabane, ouvrit la porte du tunnel et s'engouffra dans les boyaux de terre et de craie. Aussitôt, le chat se faufila entre ses jambes.

— Comment fais-tu pour être aussi rapide ? demanda Céleste.

— C'est dans ma nature, répondit Gonzague en se transformant. Pas la grande forme, n'est-ce pas ?

— Pour te donner une idée, l'autre jour, cette histoire de tornade et tout ça… Eh bien c'était rien par rapport à la journée pourrie que je viens de passer.

Il inclina la tête en signe de compassion.

— Et toujours pas de quatrième Guide ?

— Rien, pas l'ombre d'un bout d'une oreille de quatrième…

Ils arrivèrent au seuil du quartier général. Héliodore l'aperçut tout de suite et lui adressa un franc et chaleureux sourire, ce qui réchauffa instantanément le cœur de la jeune fille.

Elle n'eut pas besoin de dire quoi que ce soit pour que le Gudruth comprenne qu'elle n'avait pas le moral.

— Et ici ? Je veux dire… Comment ça se passe, depuis l'autre jour ?

— Rien de particulier. Nous avons passé notre temps à sécuriser toutes les zones à risque, qui se multiplient, il faut bien le dire.

— Et…

— Le Livre ? Tu t'inquiètes pour lui, n'est-ce pas ?

— Oui… Je ne saurais expliquer pourquoi, mais oui… C'est vrai, je m'inquiète beaucoup.

Ils allèrent jusqu'à l'Arbronum. La grosse machine dorée clignotait plus que dans ses souvenirs.

— Des problèmes ?

— Plus d'incidents qu'à l'accoutumée. Il est clair que l'insécurité ambiante augmente les tensions, par conséquent certaines situations dégénèrent plus vite qu'avant. Et puis, il y a en proportion plus de zones fragilisées, de grosses bourrasques ont endommagé une zone de passage vers le monde des Glaces.

Céleste se tourna vers Héliodore.

— Dites-moi, vous vous doutez bien de ce qu'on va nous demander de faire, quand nous serons tous les quatre réunis.

Le Gudruth parut sincèrement surpris.

— Absolument pas, et j'avoue être impatient… et terriblement anxieux. Quand nous serons fixés, nous saurons enfin comment vous préparer.

— Physiquement ? Un entraînement, c'est ça ?

Il sourit et hocha la tête.

— Ah… Les humains… Ne sous-estimez pas la puissance de l'esprit. Je pensais que tu t'étais déjà rendu compte de la supériorité du mental sur le corps, comme le lien de Pensum qui te lie à Kyra et le dôme que tu m'as aidé à maintenir en place l'autre jour. Pressés vous êtes, et ce en permanence.

— À ce sujet, quelque chose m'intrigue.

— Si je peux te renseigner…

— L'autre jour, nous avons été absents longtemps, mais finalement peu de temps à l'échelle de notre monde.

— C'est cela…

— Mais comment se fait-il que nos parents ne nous aient pas cherchés, ou plutôt comment être certains qu'ils ne le fassent pas lors de notre prochaine visite ?

Le Gudruth eut un sourire énigmatique.

— Ne te soucie pas de ça. Tu oublies que nous gérons tout dans votre monde. Par une multitude de facteurs, nous avons la possibilité d'occuper tes parents pour qu'ils ne pensent pas à vous durant votre absence. Pour les périodes plus longues, ce qui risque de se produire, nous pouvons même jouer encore plus avec le temps, et le distordre.

— Comment ça ?

— Regarde l'Arbronum.

Céleste se retourna pour observer la machine.

— Je voudrais te montrer en particulier le compartiment qui traite des humains.

Elle l'avait vue les fois précédentes comme un tout mais, en la détaillant de plus près, il était finalement assez évident que chacune des parties était liée à un monde en particulier. La zone pointée par Héliodore était la plus sommaire. Il y avait moins de diodes et, dans un coin, une pendule flanquée de molettes rouillées.

— À n'utiliser qu'en cas d'urgence et uniquement pour des raisons qui doivent être stipulées dans la notice de l'Arbronum.

— Et qui sont ?

Héliodore se racla la gorge.

— Hum… Vie, mort, ce genre de choses…

— Je vois…

— Et encore, il y a des formalités à respecter… En bref, espérons ne pas avoir à nous en servir.

— Très réjouissant.

— Mais toujours est-il, ma chère Céleste, que les devoirs ne font pas partie de la liste des choses sur lesquelles nous pouvons jouer ! Alors je t'invite à retourner bien vite chez toi, même si j'ai été ravi que tu passes nous saluer.

— J'ai à peine touché à mon thé à la sauge !

Il sourit.

— Je savais que vous finiriez par en raffoler ! Allons, Céleste, nous allons nous revoir bien assez vite.

Elle soupira en repensant aux visages hostiles des élèves de sa classe.

— Je n'en suis pas si sûre…

Doucement mais sûrement, Héliodore la ramena vers l'entrée du tunnel.

— Il faut laisser le temps au temps. Tout a un sens, les pièces du puzzle sont en train de s'imbriquer les unes dans les autres, et si c'est un peu long, c'est qu'il y a de bonnes raisons à cela.

— Mais…

Héliodore posa une main sur l'avant-bras de Céleste avec tendresse.

— Je suis désolé de devoir te dire ça… Ne le prends surtout pas mal, mais vis ta vie encore quelque temps, et ne reviens pas tant que le quatrième Guide ne s'est pas manifesté.

Chapitre 26

Hésitations

Trois journées. Trois interminables journées de cours s'étaient écoulées sans que Théophane, Anatole ou Céleste n'aient reçu le moindre signe prouvant l'existence d'un quatrième Guide.

— La seule chose positive à laquelle je pense, c'est que demain soir nous serons en week-end, souffla Céleste.

Ils étaient assis contre le saule pleureur et prenaient leur goûter tous les trois. Chubaka courait après un papillon jaune vif sans grande conviction.

— Il m'est toutefois arrivé une chose incroyable… annonça Théophane d'une voix neutre.

Céleste et son frère levèrent aussitôt la tête vers leur voisin.

— Mon camarade de classe, enfin, celui qui se trouve assis à côté de moi et qui m'adresse la parole… Eh bien, il m'a convié à l'accompagner à son cours d'aéromodélisme !

Anatole se renversa en arrière et cueillit au passage une poignée de marguerites.

— Incroyable, tu as raison… T'as pensé à prévenir la presse ?

— C'est bien la première fois que je me lie aussi vite avec quelqu'un, vous savez. Enfin, mis à part vous deux, bien sûr, mais on ne peut nier que c'est par la force des choses, n'est-ce pas…

— Fais-toi un peu confiance, dit Céleste.

Théophane, surpris, leva la tête vers la jeune fille.

— Tu es beaucoup plus intéressant que tu ne le penses. Arrête de croire que tu ne vaux pas la peine d'être côtoyé.

Il sourit timidement et attrapa à son tour quelques fleurs.

— Et pour toi, Céleste, cette journée s'est mieux passée que le début de la semaine ?

Elle réfléchit avant de répondre. Le jour de la rentrée avait été cauchemardesque, mais ceux qui avaient suivi l'avaient été au moins autant. Les cinq filles qui formaient le petit groupe qu'elle avait tout de suite remarqué semblaient mener toute la classe à la baguette et avaient apparemment décidé que Céleste était infréquentable. De fait, même les quelques filles timides et sympathiques qui restaient en retrait n'osaient pas lui adresser la parole. Céleste avait bien essayé de se lier avec des garçons, mais ils se contentaient de répondre laconiquement à ses tentatives de discussion sans chercher à relancer avant de lui tourner le dos.

— Le vent finira bien par tourner, tu as toujours eu des tonnes d'amis, assura Anatole.

Céleste songea non sans un pincement au cœur à son ancien collège. Elle se levait alors chaque matin impatiente d'entrer dans la cour et de retrouver ses camarades. Tout ça n'était plus qu'un très lointain souvenir…

Elle se tourna avec tristesse vers la cabane. Pour essayer de ne pas broyer du noir, elle pensait beaucoup aux

Gudruths et à ce qui les attendait. Elle en avait même perdu l'appétit, et un peu le sommeil.

— Ça ne vous obsède pas ? dit-elle en inclinant la tête vers l'abri de jardin.

Anatole haussa les épaules.

— Bof… J'essaie de ne pas y penser, en fait.

Il regarda ses amis rapidement et fit mine de se reconcentrer sur une pâquerette qu'il déchiquetait.

— Pour tout vous dire, l'autre jour j'ai vraiment eu la trouille. Jusque-là, tout ça me tentait… J'avais envie d'aventures, mais maintenant je ne sais plus trop.

Théophane se redressa tout à coup.

— Mais enfin, Anatole, tu ne peux plus reculer !

Céleste lui fit signe de se calmer et posa sa main sur l'avant-bras de son petit frère.

— Je te rappelle que j'ai failli y passer, l'autre jour… D'ailleurs, quand je repense à cet implant, là…

— Le Cristalome…

— Pourquoi j'ai fait un rejet, hein ? Pourquoi moi et seulement moi ?

La liste des questions était sans fin, et personne n'était en mesure de leur donner de réponses pour le moment.

— J'ai très envie d'aller dire tout ça à Héliodore ; il comprendra.

Céleste secoua la tête.

— Non, impossible. Il m'a bien fait comprendre que ça ne servait à rien d'y retourner avant qu'on soit au complet.

Mais Anatole repoussa la main de sa sœur et se leva. En quelques pas il était parvenu à la cabane, et y pénétra.

— Je ne suis pas d'accord, les règles du jeu ne me plaisent pas.

— Attends !

Chubaka fut plus rapide qu'eux et entra à sa suite. Anatole avait déjà la main sur la poignée et s'apprêtait à l'actionner.

— Je pense que tu ne devrais pas, Héliodore sait ce qu'il dit.

Anatole se tourna vers eux.

— Je suis désolé, je dois y aller.

Mais la porte refusa de s'ouvrir. Elle ne comportait pas de mécanisme de fermeture, pas de clé, mais elle resta désespérément close malgré les nombreuses tentatives d'Anatole.

— Oh ! Je vous dis que quelque chose cloche avec moi.

Au sol, Chubaka semblait faire non du museau.

— Essaie, Céleste !

Elle soupira puis franchit les quelques pas qui la séparaient de l'ouverture, posa sa main à son tour et fit le même geste que les autres fois, sans succès.

— À moins… qu'ils n'aient finalement plus besoin de nous ? !

Anatole souriait triomphalement.

— Je ne pense pas, coupa Théophane, toujours pragmatique. Sinon Chubaka ne serait plus là, n'est-ce pas ?

Le chat tourna sur lui-même plusieurs fois et s'assit tranquillement comme pour lui donner raison.

Le visage d'Anatole s'assombrit, et il donna un coup de pied à la porte.

— Ne t'énerve pas. Les Gudruths ont dû bloquer cette porte pour notre sécurité, assura Céleste.

— Tu parles, laisse-moi rire ! D'ailleurs, ils nous ont collé cette saleté sous le bras pour qu'on puisse circuler indépendamment, alors pourquoi on ne peut pas rentrer, hein ?

— Il doit y avoir une bonne raison.

Au loin, Anna Renoir s'époumonait.

— Il est temps de rentrer faire les devoirs, reprit Céleste.

— Ma grand-mère doit m'attendre aussi, dit Théophane.

Il les devança en portant Chubaka.

— Je ne suis pas aussi courageux que toi, tu sais, continua Théophane. Je fais le malin, je m'emballe… Tout ça m'amusait au départ, mais j'ai peur aussi, Céleste.

Céleste s'arrêta et le fixa droit dans les yeux.

— J'ai également une trouille bleue, mais, comment expliquer ça… Je sens que nous n'avons pas le choix.

Elle pensa à cet instant au Livre et à la connexion qu'il semblait y avoir entre eux. Pensifs et silencieux, les enfants gravirent les quelques marches qui les séparaient de la terrasse de la maison.

Les mondes de l'Arbre devraient attendre, pour le moment place aux exercices de maths et à la rédaction de français.

Chapitre 27

Une boulette

Céleste regarda sa montre pour la cent douzième fois de la matinée. Il était seulement dix heures du matin, et elle n'en pouvait déjà plus.

Tania, la grande blonde qui semblait être considérée par tous et toutes comme la chef du groupe de filles, l'avait clairement poussée dans le couloir, et elle s'était retrouvée à quatre pattes, son sac à dos chargé de livres basculant devant elle.

Durant le cours d'anglais, elle s'était rendu compte qu'elle avait oublié son manuel et, comme elle était seule à sa table, avait dû en quémander un à ses voisines de derrière, des jumelles plutôt discrètes, qui avaient opposé une réponse négative à sa requête.

— Un problème, Renoir ?

— Je… J'ai oublié mon livre, monsieur.

— Dès la première semaine ? Ça commence bien… Une croix, au bout de trois croix, une retenue.

Elle avait d'abord pensé qu'une bonne âme allait se dévouer, ou bien que le professeur allait lui prêter un exemplaire, mais elle se rendit rapidement à l'évidence : elle allait devoir écouter le cours sans le suivre sur le manuel et essuyer les remarques redondantes de M. Picrat à son sujet. Seul petit réconfort, celui-ci semonça Tania qui s'était pris une boulette de papier dans la tête. Céleste sourit intérieurement en se disant qu'il y avait peut-être bien une justice.

Lors de la récréation, moment qu'elle savourait en restant dans un coin et en observant ses chaussures, Tania vint dans sa direction avec l'air de celle qui a décidé d'en découdre.

Aussitôt, la grande majorité des élèves se regroupa auprès d'elles afin de ne rien manquer.

— Ça t'amuse, la nouvelle ?

Céleste se retourna, pour s'assurer que Tania s'adressait à elle.

— Alors ? On fait moins la maligne, maintenant qu'il n'y a pas le prof.

Les amies de Tania, toutes plus fades les unes que les autres mais semblant prendre un grand plaisir à singer leur modèle, que ce soit dans les tenues ou les attitudes, la regardaient d'un air menaçant.

— Qu'est-ce qui t'a pris ?

Céleste hésita, puis se décida à quitter le cercle sans répondre. Elle n'avait rien à se reprocher et ne souhaitait pas entrer dans le jeu de cette pimbêche, mais Tania lui barra la route.

— Tu crois pouvoir t'en tirer comme ça ? Je me suis payé la honte devant tout le monde, sans compter que je voudrais bien te voir répéter à voix haute ce que tu as écrit.

Céleste se sentait terriblement gênée, tout à fait

consciente désormais que l'échange allait mal se terminer pour elle.

— Je… Je sais même pas de quoi tu parles…

Dans un coin de son champ de vision, elle aperçut les garçons de sa classe. Ils ne souriaient pas, contrairement à beaucoup de filles, mais aucun ne prit la peine de réagir. Un peu en retrait des autres, Céleste vit Maxence Meunier. Il fronçait les sourcils d'un air soucieux.

— Trop facile ! cria Tania.

Tania lui jeta une boulette sur le front. Céleste se baissa pour la ramasser, mais fut projetée sur le côté par une autre collégienne. Elle sauta sur ses pieds, bien décidée à ne pas se laisser faire.

— Alors… Tu lis ? ordonna Tania.

Elle déplia le morceau de papier froissé.

« Tania n'est qu'une triple buse, et tous ceux qui la suivent ont des faces de méduse. »

Elle rit sous cape, tandis que de part et d'autre quelques ricanements se firent entendre, ce qui agaça encore plus Tania. Rien de moins vrai dans ces quelques mots, mais elle n'en était pas l'auteur.

— Le prof l'a lu, et il s'est moqué de moi, je l'ai vu…

— Je n'y suis pour rien.

— Obligé que ce soit toi ! Qui, sinon ?

Triomphante, la grande blonde observa sa cour, et plusieurs filles hochèrent la tête d'un air entendu.

— Je suis désolée, mais je n'ai pas écrit ce mot.

Tania faisait bien quinze centimètres de plus que Céleste et, lorsqu'elle s'approcha d'elle et lui attrapa le col, elle prit toute la mesure de cette différence.

Ensuite, tout se précipita : certains se mirent à scander

le prénom de la blonde, d'autres à huer Céleste qui perçut à sa droite Meunier qui s'approchait à grands pas, mais c'est une petite blonde aux cheveux si clairs qu'ils paraissaient phosphorescents qui s'interposa entre Céleste et Tania. Céleste ne l'avait jamais vue, mais lui fut instantanément et éternellement reconnaissante. Puis un sifflet retentit derrière eux et un surveillant arriva au pas de course.

— Qu'est-ce qui se passe, ici ?

— Renoir m'agresse, gémit Tania en prenant un air de chien battu.

L'homme considéra longuement les deux parties, fronça les sourcils, puis éparpilla les élèves.

— Filez, et que je ne vous revoie plus ensemble.

Céleste murmura entre ses dents qu'il y avait assez peu de chance pour qu'elle en ait envie même sous la torture, et elle se retourna pour remercier la jeune fille qui était intervenue. Celle-ci avait disparu. Elle eut beau scruter les quatre coins de la cour, la blonde resta introuvable. La sonnerie annonçant la reprise des cours retentit, et Tania partit en pestant.

Le cœur battant à tout rompre, Céleste dut attendre un moment pour retrouver son calme avant de reprendre le chemin de la salle de classe. Lorsqu'elle pénétra dans la pièce, les autres élèves étaient déjà en train de sortir leur matériel de géométrie tandis qu'une personne se présentait au professeur Frumier.

Elle était blonde, assez menue, et dans ses yeux brillaient une assurance et une détermination que Céleste n'avait jamais rencontrées chez quelqu'un de son âge. Tout dans sa personne laissait pourtant penser le contraire. Elle était vêtue de façon bohème, absolument pas selon les codes de la mode visiblement régis par Tania. Ses gestes se voulaient nonchalants et détachés, mais Céleste sentit qu'au plus profond de son être une énergie incroyable bouillonnait.

Céleste se faufila derrière la nouvelle venue et gagna sa place.

— Très bien, mademoiselle… Eh bien, si la direction a donné son feu vert, vous allez prendre le train en route, dit l'enseignant.

— Ne vous inquiétez pas pour moi, professeur Frumier, et merci de votre accueil.

Le moustachu considéra sa nouvelle recrue avec attention.

— Bon, eh bien ne perdons pas plus de temps. Installez-vous.

La jeune fille se retourna, offrant sa personne à toute une classe avide de nouveauté. Elle était d'une grande beauté, naturelle et originale. « Une fée », pensa Céleste en se rappelant celle des dessins animés. Les garçons écarquillèrent les yeux, les filles sourirent tandis que Tania plissa la bouche et fronça les sourcils.

— Je m'appelle Angèle Bernier, et je viens d'arriver dans le quartier. J'espère que nous nous entendrons bien.

— Allons, allons, dépêchez-vous, s'énerva le professeur.

Angèle embrassa la classe du regard, détaillant chaque élève avec attention, puis ses yeux se posèrent sur Céleste et la chaise vide qui lui tenait compagnie. Elle fit un petit signe de la tête et se dirigea d'un air décidé jusqu'à elle, accrocha sa besace couverte de badges au dossier de la chaise voisine, et s'y installa.

Le champ de vision de Céleste se brouilla, elle perçut des crépitements dans la paume de ses mains et se mit à fixer la feuille blanche qui se trouvait devant elle. Une alliée, une amie… pensa-t-elle. Bien plus que cela. Au moment où Angèle effleura sa main en posant sa trousse sur la table, Céleste sut que le quatrième Guide était une fille, et qu'il venait d'entrer dans la partie.

Chapitre 28

Quatre

Céleste ne réussit pas à suivre une minute du cours de mathématiques, et elle aurait été bien incapable de dire si Frumier avait évoqué le théorème de Pythagore, de Thalès, ou encore s'il avait raconté par le menu ses vacances à dos de lama dans le fin fond du Pérou. Tout le long de cette heure interminable, elle avait fixé ses mains et épié de temps à autre celles de sa voisine en prenant de soin de respirer à quelques reprises.

La cloche libératrice tinta dans le couloir en annonçant la fin des cours, et Céleste se mit à paniquer. Comment expliquer l'indicible à une parfaite inconnue ? Seulement le week-end se profilait, et avec lui encore une épouvantable attente pour Céleste, ses comparses et les habitants de l'Arbre tout entier : elle ne pouvait se permettre de perdre plusieurs jours.

Angèle ramassa ses affaires sans se préoccuper de Céleste.

— Je peux te porter ton sac, si tu veux, proposa un garçon prénommé Émile.

— Tu habites loin ? demanda Augustin.

— Si tu veux, on peut te faire visiter les locaux, lança un autre.

Angèle sourit aux trois garçons qui se pressaient autour d'elle.

— C'est très gentil à vous, je vais aller faire un tour à la bibliothèque.

À ces mots, l'un d'eux se tassa sur lui-même.

— Une autre fois, peut-être, reprit-elle d'une voix douce.

Elle ne leur laissa pas le loisir d'insister et sortit de la salle de classe d'un pas élancé. Céleste avait manqué son heure. Elle avait tenté d'imaginer une accroche à base de remerciements, de platitudes et de banalités, mais il était déjà trop tard. Résignée et dépitée, elle quitta la salle en dernier, heureuse de voir que Tania et ses répliques ne l'avaient pas attendue.

Elle n'avait pas tout à fait le même emploi du temps que Théophane, de fait elle allait rentrer seule et se terrer dans sa chambre en attendant que sa mère rentre. Celle-ci avait décidé de reprendre une activité associative et, deux jours par semaine, Joséphine allait en garderie pour lui permettre d'avoir un peu de temps.

Céleste avait négocié ferme avec ses parents. Elle ne voulait pas rester à l'étude, et ils l'avaient autorisée à sortir du collège à la fin des cours. Les journées étaient déjà suffisamment difficiles à gérer, et elle ne se sentait pas la force d'affronter ses camarades durant la permanence. Mais ce soir-là, à peine avait-elle tourné à l'angle de la rue que Tania lui tomba dessus.

— Tu croyais t'en tirer comme ça, Melle Sainte-Nitouche ?

Une petite brune du nom de Félicie lui tint les bras en

arrière tandis que Tania et une de ses amies se saisirent de son sac à dos.

— Voyons voir… Cahier de textes, trousse, pochettes, livres… Oh, regardez ça… Un carnet avec des chatons… Comme c'est mignon…

Elle s'arrêta de parler tout à coup, et fixa Céleste avec intensité.

Elle traversa la rue et s'approcha d'une rambarde. Céleste ne saisit pas tout de suite ce qu'elle s'apprêtait à faire et, lorsqu'elle comprit, les larmes se pressèrent derrière ses paupières, mais elle se fit violence : hors de question de pleurer devant ces pestes. Sans qu'elle puisse tenter quoi que ce soit, elle regarda le contenu de son sac se vider et tomber. Un cours d'eau passait à cet endroit de la rue : elle pouvait faire une croix sur toutes ses affaires d'école.

Sur le trottoir d'en face, Tania cria à son intention :

— Et que ça te serve de leçon !

Félicie la lâcha en ricanant et prit ses jambes à son cou. Céleste attendit de voir leur silhouette disparaître avant de se risquer à traverser. Ses jambes flageolaient, et les larmes finirent par couler. Ses cahiers, stylos et pochettes gisaient trois mètres plus bas, dans la vase.

Elle ramassa le sac vide, le plaça sur son dos et se mit à courir le plus vite possible. Seulement, le souffle lui manqua. Elle hoquetait tant, noyée par ses propres sanglots, qu'elle dut s'adosser au mur d'un immeuble.

— Attends-moi !

Céleste fit volte-face et découvrit Angèle.

— Ces filles sont complètement dingues ! Mais toi, tu as une sacrée foulée !

Elle haletait.

— Je n'en reviens pas… Qu'est-ce que tu as bien pu faire pour t'attirer une colère pareille ?

Céleste se laissa glisser le long du mur et s'assit par terre. Elle essuya ses joues pleines de larmes du dos de sa main.

— Rien.

Angèle s'assit près d'elle et respecta son silence.

— C'est quoi, ton prénom ?

— Hein ?

— Je me suis présentée, mais toi, comment t'appelles-tu ?

Céleste lui adressa un timide sourire.

— Céleste Renoir.

— Enchantée.

Angèle lui tendit la main, ce qui fit rire Céleste, qui se plia pourtant à cette présentation très protocolaire.

— Je suis nouvelle aussi, reprit Céleste, mais cette Tania fait la pluie et le beau temps dans la classe, et, apparemment, je ne suis pas à son goût.

— Pas prête à rentrer dans son moule, plutôt ! Une très bonne chose, en ce qui me concerne, j'ai horreur des moutons !

Angèle se redressa et tendit la main à Céleste pour l'aider à se lever.

— Pas super-accueillant comme coin, on bouge ?

Céleste la regarda un court instant :

— Et si je te proposais de goûter chez moi ?

— Je te répondrais que j'attendais que tu te décides.

Elles éclatèrent de rire en prenant le chemin de la maison des Renoir.

— Moi, j'habite rue des Freysnaies.

— Je ne connais pas.

Elles cheminèrent sans parler un moment, mais ce silence ne pesait pas à Céleste. Elle se sentait en confiance. Cinq minutes plus tard, elle glissa la clé dans la serrure de la porte :

— Fais comme chez toi.

Angèle passa le seuil et ouvrit de grands yeux.

— Qu'est-ce que… c'est grand !

— Nous habitions un appartement, avant. J'avoue que je me suis très vite fait à l'idée d'avoir ma propre chambre.

— J'imagine !

— Il fallait bien qu'il y ait quelques côtés agréables à déménager, dit Céleste.

— J'habitais à vingt kilomètres d'ici, en rase campagne, le bonheur, pour moi. Et puis, mes parents ont divorcé, et ma mère a préféré prendre un logement en ville pour se rapprocher de son travail.

— Ah… Et ton père ?

— Il a préféré prendre un logement aux États-Unis, pour fuir ma mère.

Céleste se mordit les lèvres.

— La boulette…

Angèle se mit à rire.

— Ne t'en fais pas ! Le bon côté des choses, c'est que j'irai visiter New York aux prochaines vacances !

Elles s'installèrent sur la terrasse pour manger les crêpes que sa mère avait préparées à son intention.

— Elles fon'fuper'fonnes ! déclara Angèle la bouche pleine.

— Contente que ça te plaise !

Céleste soupira une nouvelle fois et laissa ses épaules s'affaisser.

— Ça va ? s'inquiéta Angèle.

Elle sourit.

— Oh… Disons que je désespérais de pouvoir parler à quelqu'un de l'école avant la fin de l'année.

— La semaine a donc été si terrible ?

— Franchement ?

— Franchement.

— Tu n'imagines pas à quel point.

Les jambes calées sous son menton, Céleste écouta Angèle lui raconter son ancien collège, ses anciennes amies, et la maison qu'elle avait dû quitter. À son tour, la jeune fille décrivit sa famille, ses passions, et, lorsque Anna entra à son tour accompagnée d'Anatole, de Gaspard et de Joséphine, elles eurent du mal à croire que trois heures s'étaient écoulées.

Céleste lut le soulagement dans le regard de sa mère.

— Mais quelle bonne surprise !

— Maman, je te présente Angèle, elle vient d'arriver au collège, elle aussi.

— Eh bien, j'espère te voir ici très souvent ! Sois la bienvenue, est-ce que tu te laisserais tenter par un peu de grenadine ?

— Avec plaisir ! Et vos crêpes sont absolument terribles !

— Veux-tu que je prévienne tes parents que tu es ici ?

Pour la première fois, les yeux pleins de malice d'Angèle se voilèrent.

— Oh… Pas la peine, dit-elle en sortant une clé de sa poche. Ma mère ne rentrera qu'à vingt et une heure.

Anna Renoir marqua une courte pause avant d'embrayer.

— Eh bien, reste ici autant de temps que tu veux !

Céleste observa Angèle. Celle-ci riait aux bêtises des deux petits. Elle paraissait si forte et si fragile à la fois… c'en était troublant. Anatole vint se planter devant elles.

— Alors, les filles… Ça va comme vous voulez ?

Il regarda sa sœur avec insistance. Céleste savait où il voulait en venir, mais il était si peu discret qu'il en paraissait vraiment étrange. Angèle ouvrit de grands yeux.

— Oui, pas mal… Et toi ?

Il sursauta.

— Moi ? Oui… Pourquoi ça n'irait pas ?

Puis, voyant que Céleste ne réagissait pas, il leur tourna le dos et partit en bougonnant. La jeune fille interpella sa mère qui passait avec une bassine de linge.

— Je peux dire à Théophane de passer ? Je voudrais lui présenter Angèle.

— Bien sûr ! dit-elle en disparaissant derrière le fil à linge.

Anatole réapparut comme par magie.

— Théophane ? Tu veux faire venir Théophane… Maintenant ?

Elle lui adressa un discret clin d'œil.

— Oui, je crois que ce serait une… bonne idée… Je voudrais lui montrer… quelque chose.

Angèle, qui flânait dans le jardin, s'allongea sur la pelouse fraîchement tondue.

— Tu veux que j'aille le prévenir ? demanda Anatole en trépignant.

— Ce serait sympa de ta part !

Il s'éloigna des filles mais, au lieu de gagner la terrasse

comme Céleste l'imaginait, il se posta contre le mur mitoyen et se mit à hurler à pleins poumons.

— THÉOPHANE !

— Non mais ça va pas ? intervint leur mère.

La tête navrée d'Anna sortit de derrière un drap.

— Ben quoi ?

— Ça te prendrait deux minutes d'utiliser des moyens… plus civilisés.

Anatole prit un air contrit quand une voix haut perchée se fit entendre.

— OUI ?

— Tu vois, que mon système de communication fonctionne très bien… THÉOPHANE, TU PEUX RAPPLIQUER ? !

— OK !

Totalement affligée, Anna regagna la maison. Céleste se dirigea vers Angèle, épouvantée à l'idée que sa nouvelle amie puisse avoir une image négative de sa famille, mais cette dernière était pliée de rire.

— Je sens que je ne vais pas m'ennuyer, avec vous.

Cette déclaration ravit Céleste. Et, à dire vrai, Angèle ne croyait pas si bien dire…

Théophane arriva en courant.

— Il faudrait qu'on crée un passage, à ce niveau-là de la haie. Oh… Bonjour…

Il eut la même tête que l'ensemble des garçons de la classe lorsqu'ils avaient fait la connaissance d'Angèle. À la différence de Tania, pimbêche et crâneuse et qui affichait la volonté d'être le centre de tous les regards, Angèle ne releva pas, ou, en tout cas, fit mine de ne pas s'en rendre compte.

— Enchantée, Théophane, je m'appelle Angèle.

Il esquissa une tentative de courbette, simulacre de révérence désuète, et Anatole manqua de s'étrangler de rire. Céleste n'y tenait plus. Elle attendait depuis plusieurs heures de vérifier qu'Angèle était bien le quatrième Guide.

Avant qu'elle puisse envisager quoi que ce soit, Angèle se mit à cueillir quelques fleurs et, l'air de rien, les fit disparaître en un mouvement de main.

— Waouh… Comment tu fais ça ? s'exclama Anatole.

— Une magicienne ne révèle jamais ses tours.

Elle avait les bras nus, et Céleste avait suffisamment de connaissances en magie pour savoir que tout cet art résidait dans la dissimulation, notamment dans les manches des vêtements. Ce tour la déstabilisa et, l'espace d'un instant, elle fut persuadée qu'il s'agissait là de vraie magie. Chose plus étrange encore, Angèle lui coula un regard entendu.

— Tu voulais montrer quelque chose à Théophane, non ?

Elle hocha la tête.

— Par ici, dit-elle en désignant la cabane.

— Oh… C'est sympa, répondit Angèle en penchant la tête par la fenêtre de l'abri. C'est rien que pour vous ?

— C'est ça…

Ils avaient du mal à tenir tous les quatre debout dans le petit réduit. Céleste malmenait sa langue en attendant une quelconque réaction, Théophane triturait ses lunettes et Anatole se dandinait, passant d'un pied à l'autre comme s'il avait une épouvantable envie de pipi.

— Voilà… C'est notre petit chez nous… Notre repaire, tu vois… Quatre murs, un toit, quelques meubles de récup'… reprit Anatole.

Angèle tourna sur elle-même pour observer tout le

contenu de la petite pièce. Si elle trouvait les trois autres bizarres, elle n'en laissait rien paraître.

— Et vous venez là souvent ?

— Assez souvent…

Céleste scrutait le visage de son amie, dans l'espoir d'y déceler une quelconque trace d'indice d'appartenance à leur drôle de petit groupe.

— Sympa…

Sans préambule, elle sortit de la cabane et s'assit en tailleur à quelques mètres.

— Vous venez ?

Les trois autres, tout à fait dépités, se regardèrent avant de sortir à leur tour et de s'installer à côté d'Angèle.

— Quand je vois ça, ça me fait regretter mon ancienne maison. Je passais mon temps à jouer dehors, tandis que maintenant… L'appartement…

Céleste avait du mal à se concentrer sur les paroles de la jeune fille. Non. Un gros, un immense, un gigantesque « NON » aux lettres rouges dansait devant ses yeux.

Non, Angèle n'avait rien vu.

Non, ce n'était pas elle.

Anatole, avec toute la patience qui le caractérisait, s'était carrément relevé et donnait de grands coups de bâtons dans un tronc d'arbre innocent.

— Vous voyez, dans mon ancienne maison, tout au fond de mon placard, il y avait une porte assez semblable à celle qui se trouve sur le mur de votre cabanon, reprit Angèle d'un air parfaitement détaché.

La mâchoire de Théophane parut se déboîter, les yeux de Céleste manquèrent de sortir de leurs orbites, et Anatole laissa tomber son bâton sur son pied.

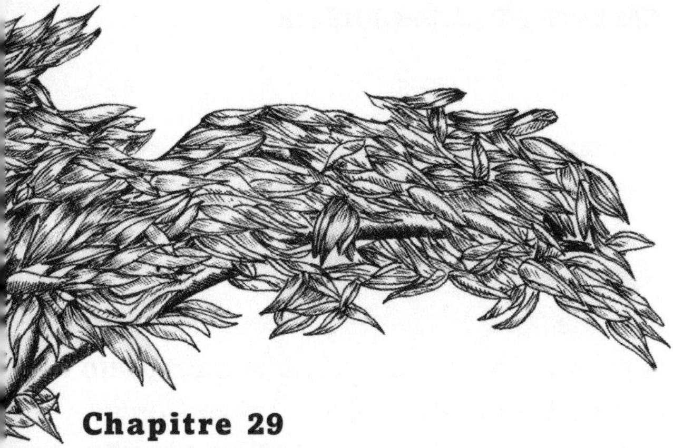

Chapitre 29

Angèle

Céleste pensait surprendre Angèle et elle avait cherché des façons de la ménager, mais ce fut elle, au final, qui alla de surprise en surprise. La jeune fille expliqua à un auditoire subjugué où et comment elle avait déjà vu une porte similaire à celle de la cabane.

— C'était une vieille maison, au moins trois cents ans. Un jour que je me cachais dans une pièce qui nous servait de débarras, au cours d'une partie de cache-cache, là, derrière des monceaux de vêtements, j'ai vu quelque chose briller.

Elle avait ensuite dégagé les affaires et constaté qu'une petite porte de bois se tenait là.

— Bien évidemment, une fois la surprise passée, je n'ai eu qu'une envie…

— Y entrer, mais tu n'as pas pu le faire, coupa Anatole.

Angèle le considéra avec étonnement.

— Eh bien si, j'ai ouvert cette porte.

Les trois autres la dévisagèrent, puis échangèrent des regards suspicieux.

— Impossible, trancha Théophane, pratique et pragmatique en toutes circonstances.

Céleste tenta d'apaiser les tensions.

— Attendez... Sans doute avais-tu trouvé une clé, ou plutôt un objet qui en faisait office. Un collier, ou autre chose ?

Angèle secoua la tête.

— Je vous assure que non, je suis tombée par hasard sur cette porte, j'ai tourné la poignée et je me suis retrouvée dans un tunnel qui paraissait ne pas avoir de fin, et éclairé par des flambeaux assez dingues.

La révélation laissa les trois autres sans voix.

— Et ensuite... l'encouragea Théophane.

— Et ensuite, c'est ça qui est très bizarre, je ne me souviens pas de grand-chose, si ce n'est que rien de ce que j'ai vu n'était ordinaire.

— Ordinaire ?

— Oui, je suis entrée dans une pièce où il y avait plein de bonshommes gris. Ils étaient à peine plus grands que moi et portaient tous des tuniques plus ou moins beiges.

Elle racontait cela le plus calmement du monde, comme si une rencontre de ce genre méritait à peine plus d'être mentionnée qu'une journée à la plage.

— Bref, ils ont été très surpris de me voir, certains se sont regroupés dans un coin de la pièce comme s'ils avaient peur de moi. Et puis le plus vieux d'entre eux s'est planté devant moi en souriant. Il a murmuré quelque chose : « il n'est pas encore temps » ou un truc dans le genre, puis il m'a pris doucement la main, a posé un doigt sur mon front...

— Et ? balbutia Anatole.

Céleste fusilla son frère du regard.

— Et je me suis réveillée dans ma chambre. L'instant d'après ma cousine me trouvait en hurlant de joie : j'étais revenue à la partie de cache-cache comme si tout ça n'avait été qu'un rêve. Et, évidemment, j'ai perdu par forfait.

Depuis le début du récit d'Angèle, Chubaka s'était installé entre Céleste et Théophane. Il semblait dormir mais, en réalité, il ne perdait pas une miette de son récit.

— Voilà, vous savez tout.

Un long silence s'installa avant que Céleste ne prenne à son tour la parole. Elle regarda successivement Anatole et Théophane, comme pour leur demander l'autorisation de révéler leur version de l'histoire. Ils hochèrent gravement la tête l'un et l'autre.

Elle se lança à son tour dans un long monologue au cours duquel elle révéla à Angèle presque tous les aspects de leurs différents séjours chez les Gudruths. L'histoire de l'Arbre cosmique, les différents peuples qui y vivaient, Galathée, Méléna, la Cime et les Entrailles, les Évolus, les Émissaires, les Voltigeurs, le pouvoir d'Englueur d'Anatole, son propre lien de Pensum avec Kyra et, bien sûr, le rôle central du Livre.

Angèle écouta sans montrer le moindre signe d'étonnement.

— Très bien. Qu'est-ce qu'on attend pour y aller ?

— Attends, tu veux dire que tout ça ne te fait pas flipper ?

Anatole était sidéré.

— T'es pas normale, comme fille, tout le monde flipperait, à ta place ! Faut voir comme Théophane tremblait, l'autre jour !

— Hé ! Ça va !

Angèle eut un large sourire.

— Je suis plutôt contente, au contraire, et, pour tout

dire, j'ai toujours su que quelque chose de ce style me tomberait dessus.

Céleste repensa au tour de magie.

— Pourquoi dis-tu ça ?

— J'ai toujours attiré les gens… bizarres.

— Eh bien, je t'en prie ! siffla Anatole

— De même, en ma présence, il se passe souvent des choses curieuses. Voilà tout, continua-t-elle.

Céleste se demanda si son amie fanfaronnait, mais elle observa ses mains et eut confirmation qu'Angèle prenait ces révélations avec beaucoup de philosophie. Ses longs doigts fins ne tressaillaient pas. Pas le moindre signe de nervosité apparent.

— Donc, la prochaine étape, si je suis ton raisonnement, c'est que nous devons nous rendre ensemble devant ce Livre pour qu'il révèle enfin la Prophétie dans son intégralité ?

— C'est exactement ça. Jusqu'à présent, nous ne savons rien de précis, mis à part que nous allons avoir un rôle central à jouer, confirma Céleste.

Angèle se leva d'un bond et consulta sa montre.

— Juste une chose, j'aimerais être rentrée chez moi dans un peu plus d'une heure…

— Pas de problème, le temps s'écoule extrêmement lentement, lorsque nous passons la porte, expliqua Théophane.

La petite blonde hocha la tête et sourit à nouveau.

— Alors, on attend quoi ?

L'instant d'après, ils pénétraient tous les quatre pour la première fois ensemble dans le tunnel.

Chapitre 30

Haute voltige

Contrairement à la présentation de Théophane, teintée d'appréhension et de stress, celle-ci se déroula plutôt sous le signe de l'excitation.

— Voilà donc Héliodore, et Gonzague, le Gudruth-chat.

— On a déjà bien débriefé, expliqua Anatole à Héliodore, en professionnel.

— Je vois ça… Mais il me semble que nous avons déjà eu la joie de faire connaissance brièvement, par le passé.

Céleste jeta un coup d'œil à Héliodore, qui fit mine de ne pas s'en rendre compte.

— Je m'en souviens, répondit Angèle.

Le Gudruth posa un long doigt gris sur ses lèvres fripées.

— Et tu t'en souviens donc ? Surprenant, tout à fait surprenant.

Puis, s'adressant à tous :

— Vous voilà au complet, les amis. La Guilde dans son intégralité.

Un frisson parcourut le dos de Céleste.

— Ne tardons pas, coupa Gonzague, allons trouver le Livre le plus rapidement possible.

— Tu as raison, le temps presse, désormais, ajouta Héliodore.

Céleste comprit que des événements nouveaux s'étaient produits.

— Des problèmes ?

Héliodore sourit et posa une main rassurante sur son épaule.

— Tout ce qui s'est produit devait se produire, ma chère. L'heure n'est pas à l'apitoiement ni à la panique.

Gonzague, qui s'était éloigné vers l'Arbronum pour s'entretenir avec un autre Gudruth, revint vers eux.

— Deux Voltigeurs nous attendent sur la plateforme.

Les yeux de Théophane et d'Anatole s'allumèrent.

— Génial !

— Ce ne sont pas des jouets, les garçons, sermonna Gonzague.

Héliodore rit doucement.

`— J'avoue que j'aime aussi beaucoup ces voyages à dos de dragon.

— Eh bien pas moi, coupa Gonzague. Je préfère de loin célériser.

— Voyons, ils ne sont pas aptes à faire le trajet tous les quatre, il nous faut conduire !

Il se retourna et adressa un clin d'œil à Céleste :

— En tout cas pour le moment.

À ces mots, Céleste se raidit et se jura de ne jamais conduire un Voltigeur seule. Le souvenir de l'énorme bestiole la hantait encore.

Lorsqu'ils arrivèrent sur la plateforme, elle constata que le premier était le même que lors de son baptême de l'air. Le dragon rouge flamboyant grattait le sol de sa patte puissante. Il cracha soudain un os énorme sur le côté puis, voyant approcher ses futurs passagers, souffla de la fumée par ses naseaux.

Le deuxième était d'un vert sombre très soutenu. Il avait des épines sur tout le dos, hormis la partie sur laquelle une selle avait été installée. Le bout de sa queue était arrondi, et Céleste, inquiète, vit en lui un énorme gourdin.

— Hé… Salut toi, souffla Anatole.

Le dragon vert tourna sur lui-même, faisant dangereusement voler de grosses branches dans tous les sens.

— Il a l'air plutôt nerveux…

— C'est un Irlandéos, une race très rapide mais extrêmement susceptible, souligna Gonzague.

Céleste se sentait terriblement mal à l'aise. Le Voltigeur rouge la fixait d'une façon étrange, on aurait dit qu'il tentait de voir au travers d'elle. Elle décida de baisser la garde et de prendre sur elle. Après tout, et si elle en croyait Héliodore, elle allait devoir s'habituer à leur présence.

Elle respira profondément et fit un pas vers la créature. À sa grande surprise, la bête fit de même, à la différence près qu'un pas de Voltigeur équivalait à environ quinze pas humains… Les yeux fauves du dragon restaient plantés dans les siens, et elle eut la sensation qu'il essayait de l'hypnotiser. Elle ressentit un impérieux besoin de tourner la tête, mais n'y parvint pas.

« RRRRR… »

Un grognement résonnait dans sa boîte crânienne.

« RRRéactor… »

— Celui-ci, reprit Gonzague avec le ton d'un professeur de sciences, c'est un…

— Réactor, termina Céleste.

Ils pivotèrent tous vers elle.

— C'est… exact, murmura Gonzague.

Héliodore s'approcha d'elle, l'air intrigué.

— Qui te l'a dit ?

Céleste détourna enfin la tête du Voltigeur avec beaucoup de difficulté, et se sentit bête. La créature lui tourna alors le dos et se remit à gratter le sol comme si de rien n'était.

— Euh… C'est lui…

Elle désigna le Voltigeur, non sans gêne.

— Tu te sens bien, Céleste ?

Héliodore ne masqua pas son étonnement.

— Le Voltigeur t'a… parlé ?

— Eh bien, il a grogné, dans ma tête. Et j'ai compris son nom…

— Fascinant…

— Incroyable, continua Gonzague. De mémoire de Gudruth, c'est la deuxième fois que cela arrive…

Céleste capta un échange entre eux et Gonzague, gêné, ne termina pas sa phrase. Angèle s'était doucement rapprochée de l'Irlandéos vert. Ils la virent tendre une main vers la gueule de la bête et, avant qu'Héliodore ait pu l'alerter du danger de son geste et lui donner les statistiques des membres déchiquetés relevés par l'Institut arbrique médical, l'animal vint placer son museau contre la paume de la main de la jeune fille. Héliodore se mit à rire.

— J'ai comme l'impression que nous ne sommes pas au bout de nos surprises…

Un éclair bleu zébra soudain le ciel. Des nuages gris

sombre s'amoncelaient par endroits, et le Gudruth se rembrunit aussitôt.

— Il est temps d'y aller.

Ils répartirent les enfants sur les gigantesques créatures. Anatole et Angèle montèrent sur l'Irlandéos avec Héliodore, tandis que Gonzague saisit les rênes du Réactor, accompagné de Céleste et de Théophane. La bête s'accroupit très bas pour laisser grimper la jeune fille.

— On dirait qu'il en pince pour toi, lança Anatole tout guilleret.

Une minute plus tard, ils sillonnaient le ciel. Héliodore fit prendre de la distance à sa monture, et ils eurent enfin une vision élargie de l'Arbre. Le vent sifflait à leurs oreilles, il était impossible de tenir une conversation ou même d'échanger trois mots.

Céleste et ses compagnons admiraient le panorama. La Cime au loin scintillait, et elle se remémorera les milliers de feuilles brillantes qu'elle avait vu luire lors de sa balade dans le Livre.

Sous les branches principales, les feuilles cachaient le tronc, immense et puissant. Sur les branches secondaires, des villes gudruths se présentaient sous forme d'amas colorés, les autres mondes, quant à eux, se trouvaient à l'intérieur, sous l'écorce.

Héliodore fit un signe de tête à Gonzague, et ils se courbèrent contre le cou des Voltigeurs. En quelques secondes, et à une vitesse qui devait amplement dépasser celle des avions de chasse, ils fondirent sur l'Arbre. Puis ils planèrent lentement avant de se poser.

Pérythènes.

Le temps de la Quête était venu.

Chapitre 31

Au complet

Angèle fut émerveillée en découvrant la place couverte de neige immaculée. Elle s'amusa quelques minutes à fouler le sol de ses pieds en constatant la régénération incessante de l'or blanc.

— C'est prodigieux !

Héliodore et Gonzague étaient déjà sur le perron de la bibliothèque.

— Allons-y, souffla Céleste.

En grimpant la volée de marches, ils sentirent le poids de leurs futures responsabilités leur tomber sur les épaules. Les quatre enfants du monde des Humains étaient ici les Guides, ceux sur qui tous comptaient.

Les portes vitrées se dématérialisèrent pour les laisser passer et se reformèrent derrière eux. Le Livre était là, et il avait plutôt bonne mine. Il avait pris la forme d'un grand atlas de géographie. D'une taille plus que respectable, sa couverture rouge brillait et la tranche de ses pages était finement recouverte de dorure.

Des tourbillons de poussière qui indiquaient que des Gudruths étaient en train de célériser se matérialisèrent dans différents endroits de la Grande Salle.

Céleste interrogea Héliodore du regard.

— Les membres du Conseil, nous devons tous être réunis, expliqua le Gudruth.

Elle observa à la dérobée les créatures qui venaient d'arriver, tous un genou à terre et la tête courbée. Ils étaient quatre, et, si l'on ajoutait Héliodore et Gonzague, ces six Gudruths étaient les êtres les plus influents de l'Arbre, sans compter les habitants des Cimes, bien entendu. Les Gudruths de premier rang. L'un d'eux était verdâtre et plus petit, et il rappela à Céleste maître Yoda de *La Guerre des Étoiles* par sa façon de se tenir, un autre était très grand, et il lui sembla l'avoir déjà vu quelque part. Le troisième paraissait plus jeune ; ses traits vifs et ses yeux pénétrants la mirent aussitôt mal à l'aise. Et le quatrième membre du Conseil à avoir célérisé était une femme. Céleste réalisa que, mis à part dans Pérythènes, elle avait croisé peu de femmes.

Les Gudruths se courbèrent et saluèrent le Livre respectueusement, imités aussitôt par les enfants. Ce fut la première fois que Céleste eut l'impression qu'Angèle se trouvait vraiment impressionnée. Mais, lorsque l'ouvrage s'ouvrit et que des lettres se tracèrent comme inscrites par une main invisible, elle ouvrit de grands yeux.

Céleste se pressa contre elle et passa un bras autour de ses épaules.

— Angèle ? Ça va ?

— Oui… Enfin, je ne sais pas… C'est comme dans mon rêve.

Céleste n'eut pas le temps d'en demander davantage, car le Livre s'adressa à elle.

« Les Guides au grand complet. La Guilde est a priori

constituée. L'Élue est désormais bien entourée. Enfin, il me semble. »

Céleste balbutia un timide « oui ». Être au centre de l'intérêt de tous était un exercice très difficile pour elle, et ce quelles que soient les circonstances.

Soudain, le Livre se referma dans un claquement sec, surprenant l'assemblée. Héliodore lui-même sursauta et fronça les sourcils.

— Un problème ? osa Théophane à son intention.

— Non, non, non… Ne vous inquiétez pas.

Ils restèrent silencieux. Quelque chose clochait vraisemblablement. Cela commença par le frémissement de plusieurs pages qui se soulevèrent de quelques millimètres à peine. Ensuite, la couverture se tourna, suivie de la page de garde et, sous leurs yeux, le papier se déforma puis se mua en une énorme encyclopédie. Il était fascinant de voir comme la transformation s'opérait naturellement. Devant eux se tenait le plus beau, le plus gros, le plus majestueux des ouvrages qui leur ait été donné de voir.

— C'est ce qui s'appelle se faire une beauté, souffla Anatole.

Le Livre se remit à communiquer.

« Il y a bien longtemps que je n'ai pas pris cette forme. Approchez un peu, j'ai tant de choses à vous dire. Cette journée s'annonce très particulière, je sens quelque chose changer. »

Tous se pressèrent autour de lui dans un silence religieux. Les pages filèrent comme elles l'avaient déjà fait, de gauche à droite, puis de droite à gauche, avant de s'immobiliser sur les deux pages centrales. En énormes lettres cursives, deux mots s'étalèrent.

« La Quête. »

Ils retenaient leur respiration, impatients de savoir ce que le Livre avait à leur révéler, et inquiets tout à la fois. Ils n'eurent pas à languir très longtemps. Les lignes se succédaient les unes aux autres ; pour plus de facilité, Héliodore se permit de lire à voix haute. Il semblait investi d'une mission, terriblement concentré.

Le Livre les informa que, désormais, ils étaient élevés au rang de « Guides cosmiques », et qu'ils avaient été choisis, pour leur personnalité, leur force physique et mentale et leur capacité d'écoute et de bienveillance, ainsi que pour les affinités qu'ils avaient les uns avec les autres.

Le Livre leur rappela que, pourvus de Cristalomes, ils pouvaient aller venir entre leur monde et les autres, à moins que cela ne porte atteinte au déroulement de la Quête.

Gonzague hocha la tête.

— Mais… Et Angèle ? s'étonna Anatole.

« Le quatrième Guide détient les clés spirituelles suffisantes pour passer d'un monde à l'autre. »

Angèle haussa les épaules et tendit les mains en avant en signe d'impuissance.

« Des heures difficiles se profilent. Il va vous falloir beaucoup de courage et d'abnégation pour parvenir au succès de cette mission. »

— Réjouissant, souffla Anatole.

« Vous volerez haut. Vous sillonnerez des déserts de sable, de glace et de feu. Vous serez tentés, malmenés, tourmentés, mais toujours à la Cause vous devrez penser. »

Soudain, chose tout à fait inédite, des images se tracèrent à toute vitesse à la place des lettres ; des couleurs apparurent en même temps, et des scènes tout à fait réalistes, très proches d'une vidéo, animèrent les deux grandes pages. Céleste reçut un coup au cœur : là, sous ses yeux, défilaient les souvenirs de l'Arbre comme au jour de leur rencontre.

Tout d'abord les débuts de l'Arbre dans un champ de fleurs, le ciel gris sombre en toile de fond. Les autres poussèrent des cris d'étonnement lorsque la Cime apparut et devant la précision des dessins, la multitude de feuilles scintillantes, des oiseaux colorés par milliers, et la sensation que chaque élément végétal semblait produire des filaments de lumière. La magie de l'ensemble était fascinante, mais la beauté des images, si réussie fût-elle, ne rendait pas justice à l'incroyable pureté de la réalité. Puis, comme elle l'avait vu la première fois, un élément plus vif que les autres s'éleva des hautes branches, bien haut dans le ciel, et parut éclater en plusieurs morceaux qui se volatilisèrent aussitôt.

Héliodore, médusé, perdit un instant l'équilibre, et Gonzague dut le soutenir. Céleste reporta vite son attention sur le Livre pour ne rien rater. La scène se répéta au ralenti, comme s'ils devaient se faire une idée par eux-mêmes de ces faits apparemment essentiels. La chose qui s'était scindée en plusieurs morceaux était, semble-t-il, une énorme pierre. Les différents morceaux provenant de son éclatement filèrent dans différentes directions.

— Je m'en doutais, balbutia Héliodore.

Les images disparurent, les lettres reprirent leur place sur les deux pages.

Héliodore lut les dernières lignes avant de s'asseoir en tailleur :

« L'Arbre, le Livre et le Cristal forment une entité. Réunissez-les, et l'équilibre sera sauvegardé. »

Héliodore paraissait abasourdi.

— Les anciens répétaient cela, par le passé, commenta Gonzague.

— De quoi s'agit-il ?

— Les Cristalomes que le Livre vous a fait implanter proviennent du Cristal originel. Comme il a tenu à nous le montrer, l'Arbre cosmique sur lequel nous vivons a été créé pour en remplacer un autre, lequel a péri après une longue période de conflits.

— Il y aurait eu un autre Arbre ? interrogea Théophane.

— Mon grand-père, expliqua Héliodore, racontait qu'aux origines de cet Arbre, trois éléments ne faisaient qu'un. L'Arbre, le Livre censé annoncer les événements et permettre d'en garder un souvenir impérissable pour qui serait digne de confiance, et, pour finir, une pierre nommée « Cristal originel ». Cette pierre aurait été morcelée et les fragments éparpillés pour garantir un maximum de paix. Celui ou celle qui souhaiterait pour de mauvaises raisons prendre le contrôle de l'Arbre cosmique ne pourrait le faire sans avoir en sa possession tous les morceaux.

— Comme une sécurité de plus, commenta Théophane.

Le grand Gudruth poursuivit :

— Exactement. Le premier Arbre, après des siècles de sérénité, est passé somme toute assez facilement aux mains de créatures infâmes. En quelques mois, il n'y eut plus d'espoir, et les sages de l'époque ont préféré voter l'extinction totale.

— Et, tel un phénix, le nouvel Arbre, avec ses nouvelles sociétés et ses différents mondes, est né de ses cendres, annonça une voix empreinte d'un soupçon d'ironie.

C'était Tynéore, le plus jeune du Conseil. Céleste n'aurait su dire pourquoi, mais quelque chose dans le ton de sa voix la dérangeait, comme s'il prenait tous ces événements de haut. Il la toisa un instant et se tourna vers Héliodore.

— Que devons-nous en conclure ? reprit-il.

— Que ces légendes sont vraies, répondit le vieux Gudruth, épuisé.

— Foutaises, tonna Tynéore.

Le visage d'Héliodore se ferma un peu plus.

— Tu as vu comme nous : le Livre a révélé pour la première fois ses souvenirs, ce Cristal a bien existé, et nous avons constaté que les fragments avaient jailli en différents endroits.

— Justement, c'est la toute première fois que nous prenons connaissance de cela, et il faudrait s'y fier ?

— Je l'ai déjà vu, moi, souffla Céleste.

Ils se tournèrent tous vers elle, aussi surpris les uns que les autres.

— Comment cela ? l'encouragea Gonzague.

— Le premier jour où nous sommes venus, vous vous souvenez que je suis restée inconsciente un long moment. Eh bien… J'ai voyagé dans le Livre. Il m'a fait visiter ses souvenirs.

Tynéore leva les yeux au ciel.

— Voilà autre chose…

— Laisse-la continuer, s'exclama Héliodore.

— J'ai vu les différents mondes… Les Kalloks, les Géants, les mondes des Glaces et du Feu, les Entrailles aussi.

Ils écarquillèrent les yeux.

— Ce n'était que des images, je ne pouvais rien toucher. C'est en tout cas ce qu'il m'a expliqué, assura Céleste.

— « Expliqué » ? s'étonna Tynéore.

Cette fois-ci, les yeux de Tynéore menacèrent d'imploser.

— Oui, il m'a parlé. Il était très rassurant, il voulait que je voie ce qui risquait de disparaître… J'ai vu notre monde aussi, et j'ai vu également la naissance de l'Arbre, en accéléré, comme ce que nous venons de voir. La scène avec cette pierre qui explose, je l'ai déjà vue…

— Comment savoir si ce qu'elle dit est vrai, c'est… une humaine, après tout.

Tynéore avait craché ces mots avec dédain, comme s'ils lui avaient écorché la bouche.

— C'est l'Élue, Tynéore, tonna la femme gudruth d'une grosse voix.

— Eh bien… Je réclame le droit au scanum.

— Tynéore !

— Je suis désolé, mais c'est mon droit, c'est noté dans notre constitution.

Héliodore baissa la tête, et Gonzague entreprit de se torturer les mains.

— Ça n'est pas raisonnable, elle est si jeune, qui sait…

— C'est notre sort qui en dépend ! continua Tynéore.

— Il n'a pas tort, dit le Gudruth verdâtre.

— Deux voix sont suffisantes, faisons-le tout de suite, reprit Tynéore.

Anatole, Angèle, Théophane et surtout Céleste se demandaient en quoi consistait le scanum qui semblait tant effrayer Héliodore. Celui-ci s'approcha de Céleste, l'air sincèrement désolé.

— Ma chère, je ne peux m'y opposer. Le scanum a pour but de vérifier tes pensées, de voir si tu as bien vécu ou non les situations que tu décris.

— Eh bien, faites ce que vous pensez bon.

— Ça peut être… un peu douloureux…

Elle serra les dents et les poings, et jeta un coup d'œil rageur à Tynéore.

— Allez-y.

— Céleste !

Anatole voulut s'interposer, mais le grand Gudruth le repoussa doucement.

— Laisse-nous faire, mon garçon, ça ne sera pas long.

Céleste se retrouva au centre des six Gudruths. Au même moment, ils posèrent leur index droit sur le sommet de son crâne et se mirent à entonner ce qui paraissait être un chant dans une langue inconnue. Elle ferma les yeux, et des souvenirs lointains lui revinrent de plein fouet en mémoire. Elle revécut sa première respiration, ses premiers pas, des chutes à vélo, sa première rentrée, des anniversaires, des chagrins, la mort de son grand-père. Elle revit la porte de leur ancien appartement se fermer pour la dernière fois, la nouvelle maison, la porte, le tunnel… Enfin, elle plana à nouveau avec le Livre, admira une nouvelle fois le champ de fleurs et la transformation d'un frêle tronc en Arbre cosmique, puis le Cristal. Ensuite elle perçut un flash, comme si quelqu'un avait éclairé soudainement sa boîte crânienne de l'intérieur, et elle se sentit chanceler.

— Ça suffit ! Tu as eu ce que tu voulais ! s'emporta Héliodore.

— Ça va, ça va… Ne t'emporte pas.

— Laisse-la s'asseoir.

— Céleste, ça va ? s'inquiéta Gonzague.

Lorsqu'elle rouvrit les yeux, elle était allongée sur le sol froid. Elle se mit en position assise et essaya de comprendre ce qui venait de se passer.

— Le scanum…

— Tu te sens bien ? demanda Héliodore. C'est excessivement épuisant, comme exercice.

Elle réfléchit, se palpa la tête là où ils avaient posé leurs doigts.

— Tout va bien, vraiment, murmura-t-elle.

Le Livre s'activa alors qu'il n'avait montré aucune activité depuis de longues minutes. Céleste sauta sur ses pieds et se positionna tout près de lui. Il se mua en carte ancienne et un croquis simplifié de l'Arbre apparut. Sur la feuille parcheminée, elle suivit des yeux les contours crayonnés du tronc, des branches et des différents mondes. De petites lueurs apparurent, et se mirent à clignoter.

— Regardez, là !

— Il y en a cinq : une dans le monde des Glaces, une dans celui du Feu, une autre dans celui des Géants…

— Une chez les Humains, siffla Tynéore.

— Une dans… les Entrailles…

— Trois autres choses clignotent ici, je ne comprends pas, coupa le Gudruth verdâtre.

— Ce sont les enfants, souffla Héliodore. C'est une carte de l'emplacement des morceaux de Cristal. Comme les enfants ont un Cristalome, ils sont repérables eux aussi.

Tynéore scruta les Guides.

— Ils sont quatre, pourtant.

— Angèle n'en a pas besoin, précisa Gonzague.

Tynéore leva un sourcil, mais ne commenta pas.

— Voilà votre mission, la Prophétie. Vous allez devoir rassembler les différents fragments de Cristal originel avant que Méléna ne s'en empare…

Héliodore ne termina pas sa phrase, tous ses sens parurent entrer en action, il était sur le qui-vive. Les cinq autres Gudruths eurent au même moment une réaction semblable.

— Que se passe-t-il ? demanda Céleste.

La lumière présente dans le monde du Feu s'éteignit.

— Oh… non…

Soudain, quelqu'un toqua à la porte vitrée de la Grande Salle. Céleste reconnut la grande coccinelle, l'Évolue… Héliodore tendit une main vers la porte, et celle-ci se volatilisa.

— Qu'y a-t-il, Coccléa ?

Elle paraissait confuse, ses joues s'étaient empourprées.

— Je suis désolée, je ne voulais pas vous déranger, mais… il s'est produit quelque chose…

— Dans le monde du Feu, je présume, murmura Héliodore, visiblement dévasté.

Elle sursauta.

— Oui, comment savez-vous ? Enfin, ce n'est pas précisément ce qui m'amène…

Elle s'effaça pour laisser passer une silhouette ramassée.

— Nous avons intercepté cet individu dans le quartier général. Il dit qu'il cherche Céleste.

Céleste et Angèle reconnurent Maxence Meunier, totalement éberlué.

— Qu'est-ce que vous faites là ? demanda Maxence.

Céleste eut envie de rire, sidérée par l'incongruité de la situation.

— C'est qui, lui ? demanda Anatole.

— Je me demande la même chose, admit Gonzague.

— Il est dans notre classe au collège, expliqua Céleste.

Max les dévisagea les uns après les autres.

— Je… Je voulais te voir, à cause du mot. C'est moi qui ai lancé la boulette dans la tête de Tania. J'allais te défendre dans la cour, et puis… elle a été plus rapide, dit-il en désignant Angèle. J'ai vu de loin ce qu'elles ont fait à tes affaires, la rivière… J'ai tout ramassé, ton adresse était sur ton agenda… Bref, je suis venu te rendre tout ça, et ta mère m'a laissé entrer et proposé d'aller te trouver dans le jardin…

Tynéore paraissait affligé par la tournure des événements.

— De la terrasse, je vous ai vus entrer dans la cabane. J'y suis entré à mon tour, mais vous n'étiez plus là. Il n'y avait plus que cette porte… J'ai tourné la poignée, je vous ai appelés, mais je n'ai vu qu'un tunnel éclairé par des torches…

La bouche de Céleste s'entrouvrit en même temps que le Livre. Héliodore lut à voix haute :

« Il me semblait bien que les forces se modifiaient depuis ce matin… Quel coup de théâtre ! Cette Quête ne va pas être monotone ! »

Héliodore et Gonzague se dévisagèrent quelques

secondes sans parvenir à comprendre, puis la page redevint blanche et cinq mots se tracèrent en majuscule :

« ET CINQ GUIDES NOUS AVONS ! »

Maxence tomba à la renverse tout à coup, complètement sonné…

Exactement de la même manière que, quelques jours plus tôt, Anatole, Céleste et Théophane étaient tombés quand le Cristalome leur avait été implanté.

Au même moment, sur la carte, un autre petit point lumineux se mit à clignoter à côté des trois autres.

Chapitre 32

C'est ici que tout commence

Assis à même le sol de la cabane, les cinq Guides se dévisageaient. Aucun d'entre eux n'avait réussi à parler depuis qu'ils avaient quitté le tunnel. Max arborait une énorme bosse sur le front et lissait son jean du plat de la main, l'air complètement hébété.

— Ça va aller ? demanda Céleste.

Elle avait du mal à prendre sur elle. C'était la première fois qu'ils se parlaient depuis la rentrée et, désormais, ils étaient liés par la Quête. De plus, jusqu'à présent il ne s'était pas montré particulièrement sympathique avec elle, et elle avait du mal à comprendre ce revirement de situation.

— Je crois. J'ai du mal à réaliser, murmura Maxence.

Angèle essaya de le rassurer :

— T'inquiète, c'est assez nouveau pour moi aussi, mais on s'y fait vite.

Max leva un sourcil.

— Je vous rappelle que je venais simplement rendre des cahiers, et que je me retrouve avec un truc enfoncé dans l'aisselle, avec une histoire de Gudruth, de Prophétie et de fragments de Cristal à chercher…

— Tout était planifié, expliqua Théophane. Nos rencontres, la façon dont tout ça s'est produit, tout est géré par l'Arbre et le Livre.

— Bon, nous n'allons pas passer la soirée là-dessus, le temps presse, maintenant que nous sommes ici, coupa Céleste avec humeur.

Elle avait parlé d'un ton sans appel, et les quatre paires d'yeux pivotèrent vers elle. Elle était l'Élue…

Elle respira un bon coup avant de continuer. Ils comptaient sur elle pour prendre les choses en main.

— Rendez-vous demain à dix heures dans la cabane. Je vais prétexter un exposé à mes parents… Ensuite, nous procéderons dans l'ordre suggéré par Héliodore : serment devant le Conseil et en présence de Galathée, et nous commencerons la Quête par le monde des Glaces.

Anatole, Théophane, Max et Angèle acquiescèrent.

— À part ça, je ne sais pas quoi vous dire… Enfin, j'imagine qu'il faudra vous habiller chaudement…

Dans le tome suivant...

Une fois la surprise de la Quête passée, les cinq guides vont devoir suivre une préparation physique et mentale menée par les Gudruths.

Céleste, Angèle, Anatole, Théophane et Max parviendront-ils à surmonter leurs différences et unir leurs forces complémentaires pour affronter le monde des Glaces ?

Glossaire

Aéreur : Pouvoir de jouer avec les airs.

Arachneur : Pouvoir tiré des caractéristiques des araignées.

Arbre cosmique : Entité accueillant différents mondes sans qu'il y ait de larges passages entre eux.

Arbronum : Machine en or massif très sophistiquée mesurant les tensions dans les différents mondes de l'Arbre.

Célériser : Façon de se déplacer rapidement, par dématérialisation. Accessible seulement à un petit groupe d'individus.

Cime : Partie la plus haute de l'Arbre, abritant le monde supérieur dans lequel vivent Galathée et les dieux accessoires.

Conseil : Il réunit les six Gudruths les plus influents.

Élue : Celle par qui l'équilibre doit revenir.

Émissaires : Super-surveillants envoyés dans les zones de conflits. Ils sont au nombre de cinq.

Englueur : Pouvoir de créer des substances.

Entrailles : Partie inférieure de l'Arbre où sont enfermés les individus nuisibles à l'équilibre de celui-ci.

Évolu : Insecte de l'Arbre ayant subi une mutation lui donnant des pouvoirs particuliers.

Galathée : Déesse et reine de l'Arbre. Elle en assure la protection avec son sceptre. C'est la sœur jumelle de Méléna.

Gonzague : Gudruth exaspérant mais attachant. Il prend la forme d'un chat, Chubaka, dans le monde des Humains.

Grande Salle : Lieu ultra-sécurisé où trône le Livre.

Gudruths : Peuple protecteur de l'Arbre cosmique. Il en assure l'équilibre par le biais de l'Arbronum.

Guides : Membres de la Guilde dirigée par l'Élue.

Guilde : L'Élue et ses Guides forment la Guilde, équipe d'humains censée rétablir l'équilibre désignée par le Livre et Galathée.

Héliodore : Chef des Gudruths.

Hypersaccader : Action d'éprouver des troubles nerveux, violents pouvant conduire à la mort, suite à l'ingestion de substances toxiques.

Kimil : Gâteau à la sauge, mets préféré des Gudruths.

Kyra : Gudruth et nièce d'Héliodore.

Livre : Entité magique intimement liée à l'Arbre cosmique. Il retranscrit les tensions de ce dernier et prend des formes différentes en fonction de l'énergie qui habite celui-ci. Il ne peut prédire les faits à venir, mais pressent le futur immédiat et les grandes lignes de la destinée de l'Arbre.

Méléna : Jumelle de Galathée qui a développé la Noirceur et cherche à régner à son tour sur l'Arbre cosmique.

Monde des Mers, du Feu, des Glaces, des Géants et des Kalloks et des Humains : Différents mondes situés au sein de l'Arbre cosmique, en dessous de celui des Gudruths.

Noirceur : Énergie noire et maléfique développée par Méléna et ceux qui la suivent dans sa quête du pouvoir.

Parasitose du millénaire : Période sombre au cours de laquelle la Noirceur avait gagné du terrain. La santé de l'Arbre s'était alors dangereusement altérée.

Pensum : Lien de pensée entre deux individus leur permettant – en certaines circonstances — d'interagir l'un sur l'autre ou de visiter mutuellement leurs souvenirs.

Pérythènes : Capitale du monde des Gudruths.

Prophétie : Prédiction faite par le Livre évoquant la seule issue positive de la crise que connaît l'Arbre.

Quartier général : Lieu où se trouve l'Arbronum. Toutes les décisions stratégiques concernant l'équilibre y sont normalement prises.

Quête : Succession d'épreuves permettant la résolution de la crise qui touche l'Arbre depuis l'évasion de Méléna.

Régulateurs : Individus assurant la sécurité de l'Arbre cosmique en divers endroits. Ils envoient régulièrement les informations collectées à l'Arbronum par mentalisme.

Scanum : Examen des pensées et des souvenirs par apposition des mains, qui ne peut être effectué que par des êtres supérieurs.

Sceptre : Objet magique concentrant le savoir des particules de l'Arbre. Il permet d'effectuer de la magie blanche ou noire, en fonction de l'énergie de celui qui le possède.

Sentosol : Antidote multifonction sous forme de feuille ou d'élixir.

Table des matières

ISBN : 9782809657685
Dépôt légal : janvier 2017
Imprimé en Bosnie-Herzégovine par GPS.
Loi n°49-956 du 16 juillet 1949 sur les publications destinées à la jeunesse.